ベリーズ文庫

不本意ですが、天才パイロットから求婚されています
～お見合いしたら容赦ない溺愛に包まれました～
【極甘婚シリーズ】

田崎くるみ

STARTS
スターツ出版株式会社

目次

不本意ですが、天才パイロットから求婚されています
～お見合いしたら容赦ない溺愛に包まれました～【極甘婚シリーズ】

特別書き下ろし番外編

ベリが丘タウン
BerigaokaTown Map

病院
国内外から優秀なドクターが集められている総合病院。セキュリティやサービスの水準も高い。
ツインタワー
ベリが丘のシンボルタワー。低～中層階はオフィスエリアで、高層フロアにはVIP専用のレストランやラウンジがある。最上階には展望台も。
ホテル
全室オーシャンビューテラス付きのラグジュアリーホテル。高級スパやエステも完備している。
ビジネスエリア
ストリート
N

由緒ある高級住宅街
緑豊かな高台に高級住宅や別荘が立ち並ぶ閑静な町並み。大企業の社長や資産家などがこの地を所有している。
ノースエリア
櫻坂
ベリが丘駅
会員制オーベルジュ
アッパー層御用達の宿泊施設付きレストラン。駅近とは思えない静寂さを感じる隠れ家リゾート。
ショッピングモール
流行りのショップやレストランが集まった人気施設。近くにはヘリポートがある。
某国大使館
大使館で開催されるパーティには、日本の外交官や資産家が集まる。
サウスエ
サウスパーク
海が望める大きな公園は、街で暮らす人の憩いの場。公園の西側には一般的な住宅街が広がっている。

不本意ですが、天才パイロットから求婚されています
~お見合いしたら容赦ない溺愛に包まれました~
【極甘婚シリーズ】

嵌められたお見合い

師走の忙しい時期を終えたと思ったのも束の間、息継ぐ間もなく多忙な日々を終え、やっと落ち着いた一月中旬。

祖母の「繁忙期、頑張ってくれたご褒美に美味しいものをご馳走してあげる」なんて甘い言葉に誘われてついてきたのが運の尽き……。

「もう少しで先方さんも来るから待ちましょう」

「え？　先方ってなに？　どういうこと？」

困惑する私の隣で祖母は、優雅にお茶を飲みながらしれっととんでもないことを言った。

「それはもちろんあなたのお見合い相手よ」

「お見合いって……聞いてないよ？」

絶句する私を見て、祖母は七十代には見えない美しい笑顔を見せた。

「お見合いだって言ったら来なかったでしょ？　だから秘密にしていたの。自分では若いと思っているかもしれないけど、あなたの年頃に私は一児の母だったのよ」

これは祖母が私に結婚を強要する常套句《じょうとうく》。ここから毎回長々と話が続くとわかっているから気が重くなる。

私、松雪桜花《まつゆきおうか》の実家はベリが丘《おか》の櫻坂《さくらざか》エリアに所在し、百年以上の歴史がある老舗呉服店『松雪屋《まつゆきや》』だ。

創業者の〝すべての人の美しさを引き出す〟という意思を代々受け継ぎ、今もお客様ひとりひとりに合った着物を提供することを大切にしている。

松雪屋を切り盛りしているのは三歳年上の兄、松雪栄臣《えいしん》だ。兄は三年前に結婚し、義姉のお腹の中には新しい命が宿ったばかり。

そういうこともあって私が二十五歳を迎えた半年前から祖母の〝早く結婚しなさい〟攻撃が始まったのだ。

「いくら栄臣があなたを可愛がっているといっても、栄臣も家庭を持っていて、来年には子供も生まれるの。そうなったら桜花をかまっている暇もなくなるわ」

祖母はため息交じりに言うが……。

「べつにお兄ちゃんにかまってもらわなくても、私は気にしないけど？」

兄は少々私に対して過保護な一面がある。よく周りからはシスコンだと言われているが、それはきっと兄として妹を守らなくてはいけないという責任感から来るものだ

12

「桜花が気にしなくても私が気にするの。私はね、桜花を独り身のまま残して死ねないのよ。あなたたち兄妹の幸せを見届けずにあの世にいったら、ふたりになにを言われるか」

祖母の言う〝ふたり〟とは、私が七歳の時に亡くなった両親のことだ。

それから両親に代わって私と兄を育ててくれた祖母には感謝しているし、安心させたいという思いもある。

しかし祖母の言う〝幸せ〟の定義がよくわからない。私にとっての幸せは、大切な家族とともに大好きな着物の仕事に携われている今だから。

「ねぇ、おばあちゃん。前にも言ったけど私は今がすごく幸せなの。それに結婚が幸せのゴールだとは思えないし、結婚するなら心から好きになった人としたい」

幼い頃から家族が呉服店を営む姿を近くで見てきたこともあり、私の夢はお店で働くことだった。

そのために呉服に関わる勉強に励み、努力を重ねてきた。兄が店を継ぐことが決まっているから、私は兄のサポートをしつつ、私の思うやり方で着物の素晴らしさを伝えていきたいと考えるようになっていった。それは亡くなった両親の願いでもあると思うから。

松雪屋で扱う着物は一流の職人が丹精込めて織ったものだ。繊細で絶妙な色合いが素敵だし、自信を持ってオススメできる。

しかし、それがかえって若い世代には格式が高く、とっつきにくいようで、顧客の年齢層は高い。

だから私は若い人にも着物のよさを知ってほしくて、いつかその願いをなんらかの形で叶えたいと考えている。

それに着物という伝統文化を世界に伝えたいという大きな目標もあった。そのためにもまずは国内で着物のよさを広めて、この先も着物を着るという文化を継承していきたい。

まだ店を持ちたいとかどうやって海外に広めるかとか具体的には決まっていないけれど、松雪屋で勉強をさせてもらいながら、方法を見出していきたいと思っている。

それもあって昔から恋愛にはまったく興味がなく、二十五歳になっても初恋もまだだったりする。

もちろん兄夫婦の仲の良さを毎日見ていて、いつかは結婚したいと思うけれど、それは心から好きになった人と出会うことが第一条件だ。

「もしかしたら今日のお見合い相手が、桜花の運命の人かもしれないわよ。まずは出会わないと好きな人もできないでしょ？」

「それはそうかもしれないけど……」

出会いはいつ、どこで起こるかわからない。だから祖母の言うことはもっともだが、騙されて来たお見合いの席でそんな出会いがあるのかと、はなはだ疑問である。

「とにかくもう先方もこちらに向かっているのだから、一度会ってみなさい。なかなかの好青年で私は桜花に合うと思う人なのよ」

湯呑みを両手で持ち、優雅にお茶を啜る祖母を見て、甘い言葉に誘われて来たことを激しく後悔する。

そもそも食事に行くと言い、新しく下ろした着物を着なさいと言われた時に変だと気づくべきだった。

なんの疑問も抱かず、しっかりとした装いでなくては入れないほどの高級店に連れていってくれるんだと喜んでいた自分が恨めしい。

とはいえ、祖母の言う通り先方がこちらに向かっているのなら腹を括るしかない。

それにいい機会なのかも。

お見合いをしても私に結婚の意思がないと知れば、祖母も諦めてくれるかもしれない。

　そうなると気になるのは相手だ。向こうは今日がお見合いだと知らされて来るのだろうか。結婚を望んでいる？　それとも私と同じように結婚する意志がない？　後者だったら助かる。

「ねぇ、おばあちゃん。今から来る人ってどんな人なの？」

　気になって祖母に訪ねると、私がお見合いに乗り気になったと勘違いしたようで上機嫌で教えてくれた。

「桜花も知っているお得意様のお孫さんよ。外交官をやっておられた上杉《うえすぎ》さん」

「上杉さん……って、あの上杉のおじさま？」

「ええ、そうよ」

　上杉のおじさまは、祖母の言うように松雪屋のお得意様だ。元外交官で世界中で活躍されていた。外務省の中でも重要な役職に就いていたと聞く。

　ご子息も外務省に入庁され、引退されてからも松雪屋の着物をご贔屓にしてくださっている。

　普段から和装で、それはもうダンディな男性だ。優しくて笑顔が素敵で、まさにジェントルマン。少し髪を切ったりメイクを変えたりすると気づいて褒めてくれる。

幼い頃から兄妹ともに可愛がってくれていて、上杉のおじさまに会えるのが楽しみなほど。そんな彼のお孫さんが私のお見合い相手？

「お孫さんは桜花と同い年で、幼い頃からの夢を叶えて今はパイロットとして働いているそうよ。なんでも、最年少機長目前と言われるほど優秀だとか」

「パイロット？」

てっきりお孫さんも外交官だと思っていたから意外だ。

だけど、よりによってお見合い相手の職業がパイロットだなんて……。

両親は旅行中に飛行機事故に巻き込まれて亡くなった。それもあってか、私は飛行機が怖くて、今でも乗ることができずにいる。おかげで高校の海外研修には行けずじまい。国内旅行も飛行機に乗らなくても行ける場所しか無理だった。

幼い頃は見るだけで怖くてたまらなかったけれど、その気持ちは少しずつ緩和していき、今は飛行機が空を飛んでいてもなんとも思わなくなった。

しかし、やはり乗ることはまだできていない。いざ、乗ろうとしても足がすくんで乗れない気がする。

考えて暗い気持ちになっていると、それに気づいたのか祖母が「ちゃんと伝えてある」と言った。

「桜花が飛行機に乗れない事情も知っている。だから気にすることはないよ」

「……そっか」

相手にとっては自分の誇れる職業だろう。祖母が事情を説明してくれてよかった。私だってお見合い相手が着物は嫌い、苦手だと言われたらやっぱりいい気分にはならないもの。背景を知らなければ、きっと嫌な気持ちになるはず。

「お相手は桜花の事情をちゃんと理解してくれたよ。それに祖父、父ともに外交官の家庭に生まれたら、その道に進むべきだろうという周りの期待を押し切ってパイロットになりたいという夢を叶えたそうよ。なかなか立派なお相手じゃないか。……そんな相手なら桜花の夢も応援してくれると思ってね、ふたりを会わせたくなったんだよ」

優しい眼差しを向けられて言われ、返答に困ってしまう。

本当に祖母なりに私のことを考えてくれているのが伝わってきたし、相手は上杉のおじさまのお孫さんで、どうやら立派な方のようだし。

万が一相手がお見合いに乗り気だったら、なんて断ればいいのやら。

頭を悩ませていると、襖の向こうから声が聞こえてきた。

「松雪様、お連れ様がお見えになりました」

少ししてゆっくりと襖が開き、上杉のおじさまが部屋に入ってきた。

「すまない、待たせたね」

「いいえ、私たちも今来たところなんですよ」

立ち上がって上杉のおじさまを出迎える祖母に続き、私も立ち上がる。すると私を見た上杉のおじさまは目を細めた。

「今日はまた一段と綺麗だね、桜花ちゃん」

「そんな……」

毎回思うのだけれど、こうもストレートに褒められた時にどんな反応をすればいいのか困る。

「お前もそう思うだろ？」

次に上杉のおじさまはうしろにいた男性に声をかけた。その男性は部屋に入ってきて真っ直ぐに私を見る。

目が合った彼は一五五センチの私が見上げるほどだから、一八五センチ以上はあるのではないだろうか。スラッとしたモデルのような体型で黒のスーツがとてもよく似合っている。

清潔感のある短めの黒髪は綺麗にセットされていて、整った顔立ちをしていた。切れ長の瞳を真っ直ぐに向けられると、なぜか恥ずかしくて顔が熱くなってしまう。

「おい、なにか言ったらどうだ？　それとも桜花ちゃんがあまりに綺麗すぎて言葉を失っているのか？」

からかい口調で言う上杉のおじさまにギョッとする。

きっと彼は返答に困っていたのに、さらに困惑させるようなことを言わないでほしい。だって私は悲しくなるほど平凡な容姿をしているもの。体形だって人並みだし、唯一誇れるところといったら、くっきり二重瞼の目くらいだ。

そんな私を綺麗だと言ってくれるのは、上杉のおじさまくらいだと思う。

自分で思って悲しくなる中、初めて彼が口を開いた。

「……初めまして、上杉大翔《ひろと》です」

そう言った彼は私から目を逸らした。

彼もまた不本意に連れてこられたのではないだろうか。

職業病というのか、接客を通して多くの人と接しているからか、表情を見て相手の感情がなんとなくわかるようになった。

今の彼からはどこか切なそうな、困惑しているような……そんな表情が垣間見られる。だけどそれなら私にとって好都合だ。相手も望んでないのなら断りやすい。

「ほら、桜花も自己紹介なさい」

祖母に言われ、慌てて「すみません、松雪桜花です」と名乗った。

「さて、可愛い孫たちの自己紹介も終わったことだし、食事にしようか」

「そうですね」

上杉のおじさまに同意した祖母に促されるように、私たちは向かい合う形で腰を下ろした。美味しそうな料理が運ばれてくる中、改めて正面に座る彼をチラッと見る。

本当に芸能人だと言われても疑わないほど綺麗な顔立ちをしている。

それにパイロットという煌びやかな職業だ。絶対にモテるだろう。恋人がいてもおかしくない。

こんな素敵な人がお見合いに好んで来るはずがない。間違いなく私と同じように上杉のおじさまに騙されたか、無理やり連れてこられたはず。

祖母と上杉のおじさまが他愛ない話をする横で、私たちは黙々と並べられた日本料理を食べ進めていく。

ひと言も発さないところを見ると、これは向こうも断りたいで確定だよね。早く私も同じ気持ちだと伝えられたらいいのだけれど……。

「ふたりがゆくゆくは結婚となれば、松雪屋で新たに息子夫婦の分も仕立てないとな」

「その時はよりよいものでお仕立ていたしますね」

「それは楽しみだ」

なんて、来るはずもない未来の話で盛り上がるふたりに呆れてしまう。その一方で彼は我関せず状態で食べ終えたら、お茶を啜《すす》っている。

「さて、松雪さん。あとは若いふたりだけにして私たちはお暇《いとま》しましょうか」

「そうですね」

お見合いの席での決まり文句を言って、祖母たちはゆっくりと立ち上がった。

「大翔、ちゃんと桜花ちゃんをご自宅まで送り届けるように」

「もちろんです」

「大翔君、くれぐれも桜花をよろしくね」

続いて言った祖母から、妙な圧を感じたのは私の気のせいだろうか。

「はい」

力強い言葉で返事をした彼に祖母は小さく頷き、「それじゃ私たちはここで」と言って、最後に私に意味ありげな笑みを向けて静かに部屋から出ていった。

残された私たちに沈黙の時が流れて気まずい。料理は食べ終わったし、早くこの場から抜け出したい。その一心で私から声をかけた。

「あの、あなたも不本意なお見合いだったんですよね？」

「えっ」

怪訝そうに私を見た彼に戸惑いながらも続けた。

「私は祖母に繁忙期のご褒美に美味しいものを食べさせてあげるって騙されて来まして……。お互い困っちゃいますよね」

同意を求めたものの、彼は眉根を寄せた。

「いや、騙されて連れてこられたわけじゃない。俺はこの見合いの席に望んで来た」

思わぬ返答にフリーズしてしまう。

ちょっと待って。部屋に入ってきた時の彼は、明らかに望んでいない様子だった。

それがいったいどういうこと？

困惑する私に彼は真剣な瞳を向けた。

「俺はキミとの結婚を望んでいる。そうでなければ、見合いなどしない」

「結婚って……」

信じられない彼の胸の内を聞き、言葉を失う。

「キミもそのつもりで来てくれたと思っていたんだが、違うのか？」

「それはっ……」

それはこっちの台詞だ。私と同じで不本意なお見合いだと思っているとばかり……。

ギュッと唇を噛みしめた後、小さく深呼吸をする。

動揺したままでは話ができない。まずは心を落ち着かせないと。

そう自分に言い聞かせて言葉を選びながら口を開いた。

「私は、先ほどもお伝えしましたが、祖母にお見合いだと聞かされず騙されて来ました。それにまだ結婚は考えられません」

「なぜ結婚を考えられないんだ？」

間髪を容れずに聞かれ、彼に納得してもらえるように自分の気持ちを伝えていく。

「今は仕事に集中したいんです。働く中で夢も見つけることができて、叶える途中ですし、最後までやり遂げたいんです」

「夢があるのは素晴らしいことだ。もちろん応援するし、結婚後も仕事を続けてくれてかまわない」

笑顔で肯定され、次の一手に出る。

「上杉さん、パイロットなんですよね？　不規則な生活じゃないですか？　それに身体が資本ですし。そんなあなたには結婚後は家庭に入ってくれる相手がよろしいのではないでしょうか？」

負けじと私も笑顔で言うと、彼も表情を崩さずすぐに言葉を返してきた。

「パートナーに支えてもらわなければ自分のコンディションも整えられないのなら、パイロット失格だ。これでもひとり暮らしを続ける中でそれなりに生活力は身についていると思っている。だから結婚後は家事全般を引き受けてもいい」

どうしてこうも結婚に前向きなの？　さっき騙されてきたうえに、私はまだ結婚する気はないと伝えたのに。

「そもそもなぜお見合いを？　上杉さんほどの人なら引く手あまたなのでは？」

私の気持ちを理解してもらえないもどかしさから、言葉が刺々しくなっていく。

「俺の容姿を気に入ってくれたのか？　それは嬉しいな」

「なっ……！　そんなこと、ひと言も言っていませんよね⁉」

一枚上手な彼につい声を荒らげれば、彼はクスクスと笑う。

「違うのか？」

「……容姿が整っているのは事実だと思いますが、私の好みとは限りません」

「それは残念だ」

なんなの？　この人。本当になにを考えているのか全然わからない。だからこそ私の思いをしっかり伝えないと。

彼のペースに流されないようにと心の中で唱え、真っ直ぐに見つめる。

「もちろん私だって結婚願望はあります。でもそれは今ではないですし、なにより結婚するなら心から好きになれて、相手も同じくらい自分を好きになってほしいんです」

そもそも結婚とはそういうものだ。想いが通じ合い、お互い一生そばにいたいと思って成立するもの。

それなのに、出会ってすぐに結婚を望んでいるということは、私と結婚しなければいけないなにかの理由があるとしか思えない。

「上杉さんにどんな事情があって私との結婚を望まれているのかわかりませんが、どうか結婚は心から愛した人となさってください。後悔してからでは遅いですよ？」

身近に幸せな結婚をした兄夫婦がいるから、心から思う。すごく好きな人と結婚しなければ幸せになれないと。

勢いで結婚して後悔してほしくないし、私自身も変なことに巻き込まれたくない。

上杉のおじさまはかなりの富を築いてきただろうし、もしかしたら早く結婚しなければ遺産を相続させないと言われたとか？

そんな争いに利用されるなどごめんだ。

しかし、ここまで言えばさすがに言い返してこられないのでは？

さっきまですぐに言い返してきた彼からの返事がない。様子を窺うと目が合った彼は愛おしそうに私を見つめた。

「俺の心配をしてくれるなんて、キミは優しい人だな」

「……はい？」

まったくもって予想していない言葉が返ってきて、つい大きな声が出てしまった。

「あの、私の話を聞いていましたか？」

「なぁ、同い年なのにいつまで敬語なんだ？」

頬杖をついて私の話を完全にスルーする彼に怒りが増していく。

「なぜなら、今後はいっさいあなたと会う予定がないからですよ」

苛立ちを隠すことなくぶつけたら、彼は「ふっ」と笑った。

「それは困るな。俺は今後も会いたいし、会ってキミを口説くチャンスをもらいたいから」

ナチュラルにドキッとするようなことを言われ、不覚にも胸がときめいてしまった。

「さっきさ、心から愛する人と結婚してくれって言っただろ？　その相手は今、俺の目の前で頬を赤く染めている子なんだ。その場合はどうしたらいい？」

「な……にを言って……」

冗談だよね？　だって会ったその日に好きになるなんてあり得る？

「言っておくけど、冗談でもからかっているわけでもない。……だからさ、キミに好きになってもらえるように努力させてくれないか？　そのチャンスをくれたら全力で好きにさせてみせるから」

真剣な面持ちで言う彼は、嘘を言っているようには見えない。でも、こんな話を安易に信じるわけにはいかないよ。

なんて答えたらいいのかわからなくて言葉が出てこない私に対し、彼は小さく息を吐き、意地悪な顔で続けた。

「そういえばじいさん、俺とキミの結婚を心から楽しみにしていたな。相当キミのことがお気に入りのようで、家族になる日を心待ちにしていたぞ？」

「そんなことを言われても……」

「こんなこと言いたくないが、お見合いしてすぐ断られたら、じいさんはショックでもう松雪屋で着物を買えなくなるかもしれない」

まさかの脅し文句にギョッとする。

「ズルいですよ、それ」

ジロリと睨んで言えば、彼は満面の笑みを浮かべた。

「こうでも言わないとキミは俺と会ってくれないだろ？　だったらいくらでもズルく

なるさ。……今後も両家の円満な関係を続けるためにも、ここはキミが折れて祖母の顔を立てるべきじゃないか？」

なにそれ、本当にズルい。それを言われたら頷くしかないじゃない。

「俺が全力で好きだと伝え、俺のことを知っても好きになれないのなら諦める。だからチャンスをくれ」

もう断る術を完全に失った。彼の言う通り、よく考えれば上杉のおじさまは松雪屋のご贔屓さんで、長年の付き合いがある。

私のせいで松雪屋の大切なお客様を失うわけにはいかない。だったら、腹を括ろう。

「わかりました。……違う、わかった。上杉さんがどんな思惑を持って私に好意を抱いていると嘘を言っているのか、それを知りたいから今後も会う」

今後も会うなら、彼が言っていた通り同い年だし敬語は必要ないだろうと思い、ため口で話したら彼は苦笑いした。

「ひどいな、俺の気持ちを疑っているのか？」

「当然でしょ？　なにか理由がなければ会ったその日に私を好きになるなんてあり得ないから」

自分で言っていて悲しくなったが、事実だ。容姿は至って平凡。スタイルだって人並みの私のどこに魅力があるというの？

「そんなこと言うなよ。……桜花は魅力的な女性なんだから」

「いきなり呼び捨て？」

ここは甘いセリフに反応するべきなのかもしれないが、それよりもさっきまで「キミ」と呼ばれていたのに、呼び捨てにされたことに反応してしまった。

「あぁ、結婚を前提に付き合うんだ。名前で呼び合うべきだろ？　だから桜花も俺のことは大翔と呼んでいい」

さっきから本当に彼とは話が噛み合わないのはなぜだろう。

「結婚を前提に付き合うなんて言っていないし、いきなり呼び捨てなんて無理」

「お見合いをして今後も会うなら、結婚を前提にってことだろ？　呼び方に関してはそのうち慣れるさ」

どうしよう、頭が痛くなってきた。こんなにも会話が成立しないと疲れるとは……。

思わず大きなため息が零れた私に対し、彼、大翔は眩しい笑顔で言った。

「とことん桜花に愛していると伝えていくから、覚悟しろよ」

初デートはドキドキの連続

「本当に信じられない」

入浴中に湯船に浸かってひと息ついたところで、嫌でも今日のことが頭に浮かんで深いため息が漏れた。

あの後、大翔はちゃんと私を送り届けてくれたのだが、家に着くなり家族総出で出迎えられ、兄に至っては家に上がってお茶でも飲んでいけと大翔を誘う始末。ギョッとするも、大翔は明日もフライトがあるからと言ってすぐに帰っていった。

なぜか大翔と兄は仲が良く、互いを名前で呼び合っていた。不思議に思っていたら、兄と同い年のお嫁さんである雪乃《ゆきの》さんが、たまたま私が店にいない時に大翔が来店し、兄と親交を深めていたらしいと教えてくれた。

たしかに私はご贔屓さんの家に訪問して着物の状態をチェックしたり、注文いただいた商品を届けに外に出ていることが多いから、そういう時に大翔が来ていて、私は会う機会がなかったのかも。

帰り際に大翔が毎日連絡するなんて言うから、毎日はいらないと言ったところ、すっかり仲良くなって……と家族に茶化されてしまった。

宣言通り大翔は帰宅してすぐにわざわざ家に着いたとメッセージを送ってきて、最低でも朝と夜の二回はメッセージのやり取りをしようと提案してきたのだ。

お互いのことを知るためでもあると即座に追加でメッセージが送られてきて、私は渋々了承した。

「それにしても、まさかおばあちゃんもお兄ちゃんも、雪乃さんも大翔との結婚に賛成なことには驚いたな」

バスタブに肘をついて、大翔が帰ってから口々に言われたことを思い出す。

『大翔君以上の人はなかなかいないと思うわよ』

『顔もいいし、育ちもいい。しかも高収入のパイロットだ』

全力で大翔をすすめる兄と祖母を見て、雪乃さんまで『桜花ちゃんとお似合いよね』なんて言っていた。

「雪乃さんだけは私の味方になってくれると思っていたのに」

雪乃さんと兄は高校で出会い、付き合いはじめた。結婚前から頻繁に家にも遊びに来ていたので、私にとって雪乃さんは本当の姉のような存在である。

そんな雪乃さんと兄が結婚すると聞いた時はどんなに嬉しかったか。姉妹になってからは、ますます仲良くさせてもらっている。

それこそ兄にはできない相談にも乗ってくれたりして、とても心強い存在である。

祖母から結婚を急かされた時も、『きっと桜花ちゃんに見合う人がすぐに現れますよ。その時まで一緒に待ちましょう』と味方になってくれた。

そんな雪乃さんが今回は私の話も聞かず、大翔とお似合いと言うなんて……。

ショックを受けていたら随分と長湯していたようだ。急いでお風呂から上がって着替えを済ませ、湯冷ましに縁側に続く窓を開けてゆっくりと腰を下ろす。

「風が気持ちいい」

麦茶を飲みながら涼んでいると、背後から兄の「風邪を引くぞ」という声が聞こえた。

「お風呂から上がったばかりで熱いんだもん」

「そうやって調子に乗っていたら、本当に風邪を引くぞ？」

心配性の兄は窓を閉め、そしてなぜかそのまま私の隣に座る。

「なに？」

気になって聞けば、兄は私の様子を窺いながら口を開いた。

「今日さ、大翔に会ってどうだった？」

「どう、って聞かれても……」

なぜか兄は探るような目を向けてくるものだから返答に困りながらも、感じたままを伝えた。

「えっと……なんて言えばいいんだろう。べつにすごく嫌って感じなかったし、緊張せずに普段通りに話せたかな？」

そういえば大翔が最初から素で話してくれたからか、私もいつの間にか自然体で話すことができていた。

「そうか。……うん、そっか！　第一印象はよかったってことだな」

「え⁉　あー……そう、なるのかな？」

大翔の言動にそこまで嫌悪感を抱かなかった。それはつまり印象がよかったに入る？　いや、でも話が噛み合わなくて、なにより向こうは私をからかって楽しんでいたよね？　そんな人の印象がいいとは言えないのでは？

頭の中でグルグルと考えていると、兄は勢いよく立ち上がった。

「大翔なら桜花のことを安心して任せられるけど、それでももしなにか嫌なことがあったらすぐに俺たちに言えよ？　俺もばあちゃんも雪乃も、みんな桜花の幸せを願っているんだからさ」

「お兄ちゃん……」

最後に兄は照れくさそうに「ちょっと気が早いけど、今から桜花の花嫁姿を楽しみにしているよ」なんて言って、足早に去っていった。

「花嫁姿って……気が早すぎるよ」

なんて、口では言いながらも内心では兄の優しさがヒシヒシと伝わってきて胸がいっぱいになる。

そうなんだよね、無理やりお見合いさせられたけれど、それはすべて私の幸せを願ってのこと。

それにお見合いしなかったら、きっと私はこの先もずっと誰にも出会うことなく仕事に打ち込むばかりだっただろう。

大翔は上杉のおじさまのお孫さんで、なにより家族みんなにいい印象を持たれている。だったら嫌がってばかりいないで、この機会に彼と恋愛できるのか試してみてもいいのかもしれない。

ちゃんと彼と向き合って、それで好きになれなかったらこの話はなかったことにしてもらったらいい。家族だって納得するだろう。

そうと決まれば、今度大翔に会った時になにを聞くか考えておかないと。出会ったばかりでお互いのことをなにも知らないし。知らないことには、なにも始まらない。

納得したところで急に眠気に襲われ、この日はいつもより早い時間に眠りに就いた。


「いらっしゃいませ、秋元《あきもと》様。本日は帯の新調ということで承っておりますが、他にご入用の物はございますか？」

「そうね……新しい帯締めは入ったかしら」

「はい、ちょうど二日前に入荷したものがございます」

ご贔屓さんの接客につき、ご希望の物を案内していく。ちょうど私が身につけている帯締めがお気に召したようで、色違いで二本購入となった。

「そうだ、桜花ちゃん。来年なんだけどうちの孫が成人を迎えるのよ。ぜひ孫の着物を見立ててくれないかしら」

「それはおめでとうございます。もちろんです、私でよろしければぜひ」

「本当？　ありがとう。桜花ちゃんはセンスがいいからどんな振袖を選んでくれるのか楽しみだわ」

お客様に信頼していただけるのは嬉しいことだが、プレッシャーにもなる。ご満足いただけるものを紹介できるようにしないと。

その後もお客様はひっきりなしに訪れ、兄と手分けして対応に当たっていく。

それというのも最近は訪日外国人の多くが着物に興味を持っており、記念に購入していくことが多いからだ。

学生時代に英語をマスターしておいてよかった。日常会話ならフランス語と中国語もできる。

兄も英語は話せるが、その他はだめなようで自然と私が対応することになる。雪乃さんはイタリア語と韓国語を話せるが、今は産休に入っているため店に立っていない。国籍によっては言葉が通じず、その時は翻訳機を使って対応していた。

「いやー、今日もまた客入りが多い日だったな」

「うん、本当に」

店の閉店作業を終え、戸締まりをして自宅へと向かう道中、疲れからか兄も私も口数が少ない。

「雪乃はしばらく店に立てないし、ばあちゃんに週に三回出てもらっているけど、それでも人手は足りないよな。……そろそろ誰かを雇うか」

「それもいいかもしれないね」

しばらく観光客が途切れることはないだろうし、人手が多いに越したことはない。

「もちろん語学堪能な人を雇ってよ」

「それは必須条件だろう。着物の知識は俺たちが教えられるが、語学だけはすぐには身につかないからな」

たとえ着物に関しては素人だとしても、接客ができるならかなりの戦力になる。

帰宅後、食卓の席でさっそく兄は祖母に人を雇ってみてはどうかと相談した。祖母もちょうど考えていたようで、近々求人を出すことになった。雪乃さんも私と兄が大変ではないかと気にしていたらしく、安心していた。

食事を終え、入浴の順番が来るまで部屋で寛ぎ中、気になってしまうのはスマホ。手に取ってメッセージ画面を確認するが、大翔からのメッセージは届いていなかった。

「なによ、連絡するって言っておいて、すぐに飽きてるじゃない」

お見合いをしてからは毎日欠かさずにメッセージが届いていた。宣言通り、【おはよう】と【おやすみ】に始まり、その日の空の写真が送られてくることもあった。

しかし一週間目からぱたりと連絡が途絶えて四日が過ぎた。メッセージ画面には、私から送った【おはよう】のメッセージが未読のまま。

これほど連絡が取れないんだもの、スマホを見られない状況に陥っているのでは？

と心配になって昨日の昼間に買い物に来た上杉のおじさまに聞いたところ、彼は三日前に日本を発ったばかりで、今頃はロサンゼルスにステイ中のはずだと言っていた。

ということは、故意に連絡を絶ち、私からのメッセージを無視しているということ？　なんて考えたところで、ハッとなる。

「いやいや、元々はお見合いするつもりなんてなかったし、断る気でいたじゃない」

そうだよ、むしろここは喜ぶべきでは？　大翔も乗り気じゃなくなってくれたら喜ぶべきじゃない。それなのに……。

大翔から送られてきた綺麗な青空の写真を、ジッと見つめてしまう。

たった一週間のやり取りだったけれど、向こうだって忙しいだろうにいつも私のことを気遣っていた。

疲れていないか、無理していないか。変な客はいなかったかなどなにかと気にかけてくれて、労いの言葉もかけてくれた。

私の夢を応援すると言ってくれたのは本当のようだ。それが嬉しかったのかな？　だからこんなにも大翔からの連絡が途絶えて落ち込んでいる自分がいるのだろうか。

考えても答えが出ず、お風呂に入ってからも布団で横になってからも、ずっと大翔のことばかり考えていた。

次の日は祖母も店に立ってくれたが、忙しない一日となった。

「はぁ、歳には勝てないね。昔は一日中店に立っていても腰など痛くならなかったというのに」

腰をとんとんと叩きながら話す祖母に、売り上げの計算をしながら兄は「ばあちゃん、いくつだと思ってんだよ。自分の歳を考えろ」なんて言う。

「まぁ、なんて冷たい孫だろうか。そんなんじゃ雪乃さんに愛想を尽かされるよ」

「縁起でもないこと言わないでくれよ」

ふたりのやり取りに笑いながらも商品を片づけていると、店のドアが開いた。

「すみません、本日は閉店いたしまして……」

間違ってお客様が入ってきたと思ったものの、言葉が続かなくなる。

「え……大翔？」

店に入ってきたのはスーツ姿の大翔だった。

一週間以上会っていなかった大翔は、私を見るなり顔を綻ばせた。

「久しぶり、桜花。元気だったか？」

呆然とする私に近づいてきた大翔は、膝を折って私の顔を覗《のぞ》き込んできた。

のけ反る。

「桜花？」

返事をしない私を不思議そうに見つめる大翔の顔が至近距離に迫ってきて、思わずのけ反る。

「びっくりした。……どうして連絡してくれなかったの？」

海外渡航中とわかってはいたけれど、それでも心配したのだから。

すると大翔は姿勢を戻してどこか嬉しそうに目を細めた。

「連絡できなくてごめん。今日までロサンゼルス便のフライトで、今さっき帰ってきたばかりなんだ。向こうで携帯が故障して、対処できなくてさ。……早く桜花に会いたくて急いで駆けつけたんだ」

「そっ、そうだったんだ」

サラッと言われた甘い言葉に恥ずかしく思いながらも、理由に納得すると感じる視線。その先を辿っていけば、兄と祖母がニヤニヤしながら私たちを眺めていた。

「もう、ふたりともなに？」

いたたまれずに声をかければ、ふたりとも首を横に振った。

「いや、べつに」

「順調に愛を育んでいるようでなにより！」

口々に言われ、私が否定するよりも先に大翔が話し出した。

「ありがとうございます。では、さらに愛を育ませてもらうために今から桜花とデートをしてきてもいいですか？」

「えっ？」

突然の話に驚く私を他所に、祖母と兄は勝手に「もちろんよ、連れていってあげて」「桜花、あとは俺とばあちゃんがやっておくから楽しんでこい」なんて言う。

「無事に許可ももらったことだし、行こうか」

私の了承を得ることなく話を終えた大翔は、そっと私の手を握った。

「ちょっと大翔？　私、着物のままなんだけど」

「着物のままで全然大丈夫。でも、桜花は着替えたいか？」

「大丈夫ならこのままでもいいけど……」

行き先によっては、着物ではないほうがいいのでは？と思って聞こうとしたが、大翔は「じゃあ行こう」と言い、歩き出した。

「行こうって……あっ、待って」

私の返事など聞かず、祖母と兄に見送られて大翔に連れ出されてしまった。

店の隣にある駐車場に停まっていたのは、黒のスポーツカー。どうやらそれが彼の愛車らしく、助手席のドアを開けてくれた。

紳士な振る舞いに戸惑いながらも乗ると、彼も運転席に回って車を発進させた。

「ねぇ、どこに行くの？」

走り出してすぐに聞くと、大翔は「着いてからのお楽しみ」なんて言って行き先を教えてくれない。

そもそも、なぜ私は彼についてきてしまったのだろう。店を出た時点で手を振りほどけばよかったのに。

どうして言われるがまま車に乗って、行き先を気にしているの？

チラッと運転する彼を盗み見る。悔しいくらい横顔も整っていて、見惚れるほど。

望めばどんな相手も振り向いてくれるような彼が、なぜこうも私にこだわるのだろうか。

その理由が知りたくてジッと見つめていると、大翔はクスッと笑った。

「そんなに見つめられると、さすがに照れるんだけど」

「えっ？　あ、違うから！　ただ、その……ほら、さっきフライトを終えたばかりだって言っていたじゃない？　空港から直接うちの店に来たってこと？　それじゃパイロットも会社員と同じで通勤はスーツなの？」

見ていたことに気づかれたのが恥ずかしくて、早口で思いつくままに質問をした。

「いや、車を取りに一度家に帰ったよ。その時に着替えてきた。通勤時はとくに服装は決まっていないから、いつもラフな格好で行ってる」

「そうなんだ」

聞いたことすべてに答えてくれた大翔は、「他に聞きたいことは？」と言ってきた。

「じゃあパイロットの仕事はどんな感じなの？　やっぱり大変？」

どんな仕事なのか知りたくて聞いてみたところ、ちょうど信号は赤に変わり、大翔は驚いた表情を私に向けた。

「え？　なに？　もしかして聞いちゃだめだった？」

そういえば前にテレビで自衛官は職種によっては家族にさえどんな任務に就くのか言ってはいけないって言っていた気がする。それと同じでパイロットの仕事内容は他言禁止だった？

不安になっていると、大翔は困惑した様子で話し出した。

「いや、違うんだ。……見合いの前に桜花は飛行機が苦手だって聞いていたからさ。俺の仕事に関して興味を持ってくれたことに驚いて」

そうだった、祖母は私が飛行機に対する恐怖心があることを伝えたって言っていたよね。それなのに彼の仕事について聞いたら、困惑されてもおかしくない。

「たしかにまだ飛行機に乗ることはできないけれど、飛行機ってワードに敏感なわけではないから大丈夫。ただ本当に大翔がどんな感じで仕事をしているのか気になっただけ」

「……そうか」

安心したように呟いて、大翔は青信号に変わると車を発進させた。

「そうだな、パイロットになるまでに多くの資格を取って、厳しい訓練を積み、多くのことを学ばなくてはいけない。人の命を預かる以上大変な仕事ではあるけど、それ以上にやりがいもある」

口を挟むことなく彼の話に耳を傾ける。

「飛行時間の長い短い関係なしに、お客様を無事に目的地に届けることができたら達成感があるし、フライト中の緊張感も好きでさ。なによりコックピットから見る空は言葉にできないほど本当に綺麗なんだ。飛行場所によってはオーロラも見える」

「オーロラが見えるの？　すごい」

「初めて見た時は俺も感動して泣きそうになったよ。それくらい素晴らしかった」

「そっか。……実はね、両親が最後に送ってくれた写真が行きの飛行機から見えたオーロラだったの。それがすごく綺麗で、おばあちゃんの携帯に送られてきた写真をお兄ちゃんと何度も見た記憶が鮮明に残っていて。いいな、私も一度でいいから見てみたいな」

オーロラって日本でも見えるのかな？　でもきっとテレビで見るようなオーロラを見ることは難しいはず。そうなると今の私では見ることが叶わない。

「オーロラなんて、何度だって見ることができるさ」

「えっ？」

すると彼は真っ直ぐ前を見つめたまま続けた。

「今は無理かもしれないけど、人生は長いんだ。いつかきっと飛行機に乗れる日が来る。現に前は見るのもだめだったんだろう？　それが見ても平気になったんだ。絶対に乗れるよ」

乗ることを考えただけで怖いのに、いつか乗って世界中どこでも行ける日が来る？　来てくれるなら来てほしい。

「その時は俺が世界中、どこへでも桜花の行きたいところに連れていってやる。だから諦めるな」

力強い声で言われたひと言に胸が熱くなる。

そうだよね、今は無理でもこの先はどうなるかわからないんだ。大翔の言う通り、歳を重ねるごとに恐怖心は薄まっていき、飛行機に乗れる日が来るかもしれない。

「ありがとう、なんかいつか絶対に乗れるような気がしてきた」

素直に感謝の気持ちを伝えると、大翔は嬉しそうに頬を緩めた。

「トラウマを克服するための協力は惜しまないから、遠慮せず言ってくれ」

「……うん」

不思議、お見合いの日はあまりいい印象を持たなかったのに、彼を知れば知るほど好感を持っている。

今だって彼の仕事に対する思いを聞いて、心から仕事に誇りを持ち、真摯に取り組んでいるのが伝わってきたし、トラウマについても優しい言葉をかけてくれた。

だから余計に、これほど素敵な人が私との結婚を望む理由が知りたくなる。いったい上杉のおじさまになにを言われたのだろう。

そうでなければ、こんなに素敵な人が私と結婚したいと思わないはず。当然のことなのに、自分で思ってなぜか悲しくなる。

恋愛経験はないけれど、なんとなく誰かを好きになったらどんな感情を抱くのか、わかった気がする。

連絡が途絶えて心配になったり、些細な言葉に嬉しくなったり好感を抱いたり。これらすべてがそうじゃないかな。

でもまだ出会って一週間くらいしか経っていないのに、これほど早くに恋に落ちるものなの？

色々と考えていたらそれは顔に出ていたようで、大翔はクスリと笑った。

「なにをそんなに難しいことを考えているかわからないけど、着いたぞ」

「え？　ここって……」

大翔が車を停めたのは、ベリが丘駅近くにあるツインタワーのロータリー。先に車から降りた彼は、流れるような自然な態度でドアを開けてくれた。

手を差し伸べられ、まるでお姫様になった気分になる。

「どうぞ。着物じゃ降りづらいだろ？」

「……ありがとう」

慣れていないエスコートに照れ臭さを感じながら車から降りる。すぐに駆け寄ってきたスタッフに彼は車の鍵を預けた。

「ここのレストランを予約したんだ」

「レストランって……」

たしかツインタワーのレストランはＶＩＰ専用だった気がする。

思い出している間も大翔は私の手を引いて歩を進めていく。ロビーを抜けて高層階専用のエレベーターの呼び出しボタンを押した。

「四日間海外にいたから、日本食が恋しくて料亭を予約したんだが、よかったか？嫌ならフレンチやイタリアンにしよう」

「ううん、予約してくれたところで大丈夫」

むしろレストランではなくて助かったかも。私も祖母に連れられて幼い頃から高級店で食事をしてきたけれど、ＶＩＰ専用は初めてだ。

さすがに緊張して、テーブルマナーを間違えそうで怖い。その点料亭ならナイフとフォークを使うこともない。

「それならよかった。じいさんお気に入りの店でさ。なにかあると利用させてもらっていたんだけど、なんでもうまいから楽しみにしてて」

そう話す大翔はまるで少年のように顔をクシャッとさせて笑うものだから、胸がきゅんとなる。

な、なにその可愛い顔は。不覚にもドキッとしちゃったじゃない。

胸の高鳴りを抑えながらエレベーターから降り、料亭へと入った。

店内は落ち着いた和の空間の完全個室になっており、八畳ほどの部屋には有名な絵師が描いた掛け軸か飾られており、有田焼の花瓶には、目を奪われるほど綺麗に花が活けられていた。テーブルは屋久杉の天然木一枚テーブルで、存在感がすごい。

さすがＶＩＰ専用の料亭だけある。よく海外の要人を接待するのに使用されていると聞くのも納得だ。

予約の時点でコース料理を注文してくれていたようで、すぐに先付がテーブルに並べられた。

蕗《ふき》の唐豆腐《からどうふ》や山菜の酢橘《すだち》ジュレ、その他にも赤貝やこごみなど様々な食材を使用した料理が一品一品綺麗に盛りつけられている。

どれも美味しそうで、さっそく手を合わせる。

「いただきます」

箸を持って小鉢に手を伸ばした時、ふと感じた視線。顔を上げたらなぜか大翔が大きく目を見開いていた。

「どうしたの？」

不思議に思って声をかけると、彼は「いや、悪い」と言って目を逸らした。

「その……食事の前にしっかりと手を合わせるの、いいなと思って」

「え？　そう、かな。昔から食事の前は必ず手を合わせていたから……」

「……そうか」

今度はホッとした声で呟く大翔に困惑してしまう。

当たり前にやっていたことだけど、もしかしてマナー的にだめだった？　不安がよぎったが、大翔も私を真似て両手を合わせた。

「いただきます」

その姿に胸を撫で下ろし、さっそく料理をいただく。

どの料理も繊細で味付けも最高で、あっという間になくなってしまった。するとタイミングよく次の料理が運ばれてきた。

蛤《はまぐり》の茶碗蒸しや甘鯛《あまだい》の唐墨焼き、平目《ひらめ》やのどぐろの刺身、黒毛和牛や釜焚きご飯など、どの料理もとても美味しかった。

デザートにはわらび餅と桜餅が出て、最後まで見た目も味も楽しめた。

「どうだった？」

「どの料理も本当に美味しかった」

食後のお茶を飲みながらひと息つく。すると大翔はジッと私を見つめてきた。

「会った時から思っていたのに言えなかったけど、今日の着物、すごく似合ってる」

「えっ」

なんの前触れもなく褒められ、目を瞬かせてしまう。

「いつも自分でなにを着るか選んで着付けもしているのか？」

「あ……うん、もちろん」

戸惑いながらも答えていく。

「季節やその日の天気に合わせて選んでいるの。それと新作が出たら宣伝も兼ねて着たりしてる」

「そっか。帯や小物も変えるのか？」

「そうだよ。帯締めひとつだけで印象がだいぶ変わるから。その分、選ぶ楽しみもあるよ」

その後も大翔は着物や私の仕事に関して次々と質問してきた。大好きな着物の話をしているうちに嬉しくなって、いつの間にか聞かれていないことも話していた。

「だから私はもっと着物文化を世界中に広げたいと思っているの。幸いなことに今、海外の人に興味を持たれているけれど、着物って本当に奥が深いから、それも含めて知ってほしくて」

「そうだな、今は日本の古きよき文化が消えつつあるから、国内で継承していくことはもちろん、多くの国の人たちに広めていくことで、着物文化を残そうって動きも活発になりそうだ」

「……うん、そうなの」

同じ話を友人たちにしたことがある。でも、みんなどこかで無理な夢じゃない？といった感じで聞き流されてきた。

「桜花も外国人向けの展示会には行ったことがあるのか？」

「もちろん！　去年、国内で開催されたものにおばあちゃんと一緒に出店してきたの。海外の人の反応って本当に新鮮ですごく楽しかったし、もっと知ってほしいと思ったんだ」

「海外の人は少なからず着物に憧れがあると思う。展示会で着物の歴史についても広められるといいな」

「それ、いいアイデアだよ」

唯一家族は真剣に私の話を聞いてくれて、応援してくれている。でも実際になにをどうすれば、私がやりたいことが叶うのかを模索しているところだった。

それが大翔に話を聞いてもらったことで、少しわかった気がする。なにも一から全部自分でやらなくてもいいんだよね。

展示会を利用して広めていくことだってできるんだ。今度、展示会に参加する時は歴史をまとめた冊子を作ってみようかな。

もちろん日本語だけじゃなく、英語バージョンも一緒に。

「ありがとう、大翔。なんかすごく未来が切り開けた気がする」

嬉しくて素直な思いを伝えると、大翔はクスリと笑った。

「役に立ててなによりだよ。……桜花の夢が叶うように応援しているから頑張れ」

優しい眼差しを向けられて放たれたひと言に、かあっと身体中が熱くなっていく。

え、なにこれ。どうしてこんなにドキドキしているの？

自分の感情なのに、なぜなのかわからなくて困惑する。

「さて、と。そろそろ帰ろうか」

「あ……うん、そうだね」

先に立ち上がった大翔に続いて立ち上がろうとした時、大きな手が差し伸べられた。

「着物じゃ立つの大変だろ？」

「大丈夫だよ？　慣れているし」

それに、まだ胸のときめきが落ち着いていない状態で手なんて握れないよ。

そのまま立とうとするより先に、大翔が私の手を掴んだ。

「それはないだろ?」

「え? わっ!?」

手を引かれて立ち上がったものの、身体がふらつく。前のめりに倒れそうになった私を彼はしっかりと支えてくれた。

「悪い」

ほのかに鼻を掠めたのは、爽やかなフレッシュライムの香り。

「こっちこそごめん」

恥ずかしい気持ちが一気に高まって慌てて離れ、平静を装う。

「帰ろうか」

とにかく今の自分の恥ずかしいくらい真っ赤になっているであろう顔を見られたくない一心で、先頭を切って部屋を出た。

しかし却ってこの言動のおかげでバレバレなのか、背後からはクスッという笑い声が聞こえてきた。

「そうだな、帰ろう」

すぐに大翔は私の隣に肩を並べ、強引に手を握った。

「え？　大丈夫だよ？」

平坦な廊下なのだから、転ぶことはないのに。その思いで言ったが、大翔は「鈍いなぁ、桜花は」なんて言う。

「どういう意味？」

大翔の言いたいことが理解できなくて聞き返す。

「好きな人には、いつだって触れていたいものだろ？」

「触れていたいって……」

一瞬フリーズするも少し経って理解できると、一気に顔の熱が上昇した。

「そんなこと言われても困るっ」

恥ずかしくて俯きながら言ったら、大翔は「俺も困る」と言ってさらに強く手を握った。

「これから桜花に俺のことを好きになってもらわなくちゃいけないんだ。こうやって手を繋いだら、少しは俺のことを男だって意識してくれるようだし」

「……っ！　意識しちゃうから離してくれない？」

出口が近い。店員に手を繋いでいるところを見られたら恥ずかしいよ。

羞恥心が限界に達して言ったというのに、大翔は手を離してくれなかった。

「やだ。せっかく桜花が意識してくれているんだ。もっともっと意識して、そして早く俺を好きにさせないと」

意地悪な笑みを浮かべているところを見るに、絶対に私のことをからかっているよね？　こっちは大きく心を乱されているのに、彼は余裕たっぷりなのが悔しい。その気持ちは大きく顔に出ていたようで、大翔はやっと手を離してくれた。

「ごめん、からかいすぎたな」

「……本当だよ」

刺々しい声で言ったというのに、なぜか大翔は嬉しそうに頬を緩ませる。

「ねぇ、私……怒っているんだけど？」

それなのに、なんで嬉しそうにしているわけ？

「わかってるよ。……だから嬉しいんだ」

「どういう意味？」

その答えを聞く前にちょうど出口に着いてしまい、私たちに気づいた店員が駆け寄ってきた。支払いかと思い、半分出そうとしたが大翔がすでに済ませてくれていたようで、丁寧な見送りを受けて店を出てエレベーターに乗った。

「ごめん、大翔。ごちそうになっちゃって」

お金を出すと言っても、いいと頑なに拒否されてしまったのだ。

「誘ったのは俺なんだから気にしなくていい」

「でも……」

料理が料理だけに、けっこうな金額だったはず。

「じゃあ今度、桜花のオススメの店に連れていってくれよ」

エレベーターが一階に着くと、大翔はドアを押さえてくれた。私を先に下ろしてくれたさり気ない気遣いに、一々ドキドキしてしまう自分が憎い。

「桜花がよく行く店でもいい。好きな物が食べられるところでもいいし。……桜花のことならなんでも知りたいからさ」

「なんでもって……どうするの？　大翔が嫌いな物を私が好きだったら」

「それなら頑張って俺も好きになるまでだ」

本当にどこまでが大翔の本音なのだろうか。サラッと言えるのは本心ではないからかもしれない。頭ではそうわかっているのに、胸のときめきが止まらないから困る。

帰りも車に乗る際は大翔にドアを開けてもらって乗り込む。そして車を発進させた彼は、少しして思い出したように口を開いた。

「そうだ、さっきの俺が嬉しいって言った話の続きだけどさ」

「あ、そうだよ、気になってたの。どうして私が怒っていたことが嬉しかったの？」

その答えが知りたくて運転する彼の横顔を見つめた。

「怒ったり自分の感情を出してくれたりするってことは、少しは俺に心を開いてくれているってことだろ？」

「それは……そう、かもしれない」

よく考えたら、まだ出会って間もないのに相当私、彼に心を開いていない？　こうして顔を合わせるのは二回目なのに。

どうしてだろう。友達とだって打ち解けるには最低でも一ヵ月はかかるはずなのに。会っていない間もメッセージでやり取りをしていたから？　だからこんなにも狭い車内でも緊張せずにいられるの？

その理由がわからなくて頭を悩ませている間も大翔は話を続ける。

「俺はどんな桜花も知りたいと思っているから嬉しかったってわけ。だからこれからも、もっと色々な桜花を俺に教えてくれ」

「色々な私？」

「あぁ。桜花のことならなんだって知りたい。もちろんその分俺のことも桜花に教えてやる。……俺のこと、ほとんど知らないだろ？」

それは当たり前だというのに、なぜか大翔は悲しげな声で放った。

「当然でしょ？　会うのは今日が二回目なんだから」

「……そうだな」

小さなため息を零しながら呟いた彼に疑問が残る。だけど、たしかに大翔のことを私はほとんど知らない。もっと知るべきだよね。

そう思っていたら、窓の外に見えたある場所を案内する看板。

「ねぇ、大翔。少し寄り道してもらってもいいかな？」

「もちろんかまわないが、どこに行きたいんだ？」

彼にお願いして向かった先は、海が望める大きな公園、サウスパーク。なぜか看板を見て無性に海が見たくなった。

食後の運動がてら歩きながら、話をしようと思って誘ってみたものの、夜の公園は街灯が灯っていても薄暗くてどこか不気味な雰囲気。当然人通りはなく、シンとしている。

夜の公園なんて滅多に来ないから、なんか変な感じがする。

街灯の明かりを頼りに大翔とともに歩を進めていく。すると次第に視界が開けてきて、波の音が聞こえてきた。

さらに先に進むと手すりがあって海を近くで眺めることができる。

手すりの前で足を止め、お互い海を眺める。近くにはヘリポートもあってそれもよく見えた。

大人になってからも、散歩に来たことが何度かあるが、いつも日中だったから初めての場所に来たような感覚。

暗い中、月光やライトによって見える水面は幻想的で、誰もいないから水面が揺れる音も鮮明に聞こえてくる。

「夜の公園もいいね」

ふと漏れた本音に、大翔はすぐに反応した。

「そうだな。落ち着く」

「うん」

いつもの喧騒から逃れてきた気分だ。でも、こうして落ち着ける時間って大切なのかもしれない。

「実はつらいことや悲しいこと、悔しいことがあると決まってここに来ているんだ。……俺にとって、大切な人との思い出の場所だから」

意味深な言葉に反応してしまい、彼の横顔を盗み見る。すると大翔は夜空を見上げていて、その大切な人を想っているのだろうか。幸せそうな、切なそうな……。

なんとも言えぬ表情になぜか胸がギュッと締めつけられて、これ以上大翔の顔を見ていられなくなる。

「大切な人の存在が、今の俺を支えている。その人のおかげでずっと頑張ってこられたんだ」

なんで話を聞いただけで、こんなにつらい気持ちでいっぱいになっているんだろう。

視線を逸らすも、なにか言わなければもっと胸が苦しくなりそうで慌てて口を開いた。

「まだまだ冷え込むね。着物で来たからかもしれないけど、なんか冷えてきちゃったみたいで……。そろそろ戻ってもいいかな？　私から誘ったのにごめんね」

これ以上大翔の口から大切な人との思い出を聞きたくないと思ってしまった。適当に理由をつけて言えば、大翔は着ていたジャケットを脱ぎだした。

「気づかず、悪かった」

そう言いながら彼はそっと自分が着ていたジャケットを私の肩にかけてくれた。

「え？　いいよ、大丈夫。大翔が寒いじゃない」

すぐに返そうとしたが、彼に止められてしまった。

「俺は平気だから。桜花に風邪を引かれたら心配で仕事にならなくて困る」

「……なにそれ」

ついさっき大切な人がいるって言ったばかりなのに、どうしてそんな空々しいことを軽々と言えるのだろう。

そう思っているくせに、大翔の言葉に喜んでいる自分が恨めしい。

「本当だぞ？　好きな人にはいつだって笑って元気に過ごしていてほしい。だから桜花、軽い風邪だって引くなよ？　心配でたまらなくなるから」

「……引かないよ。健康だけが取り柄だもの」

「それはよかった」

ホッとした優しい眼差しを向けられ、どうしようもないほど胸が高鳴る。でも、こんなにもドキドキしているのは私だけでしょ？

きっと大翔は私のことなんてなんとも思っていないから、恥ずかしい言葉をいとも簡単に言えてしまうんだ。

なんだろう、この永遠に終わらない気持ちの浮き沈みは。嬉しくなったりドキドキしたり落ち込んだり……。

「寒くないか？」

「うん、大丈夫。……ジャケット、ありがとう」

照れ臭さを感じながらも言うと、大翔は嬉しそうに目を細めた。

「どういたしまして。じゃあ帰るか」

「……うん」

ナチュラルに私の手を握り、歩き出した彼にまたドキッとしてしまう。もう反応することもできないほど胸が苦しい。

初恋もまだの私には、誰かに恋した時の感情など知る由もないはずなのに、彼に対する気持ちが恋ではないかと思うのはなぜだろう。

これまでの人生で多くの男性に出会ってきたのに、まだ知り合って間もない彼にこれほど惹かれている理由はなに？

その答えは出るはずもなく、大翔の運転する車に揺られて自宅へと向かう。

車内では大翔が他愛ない話を振ってくれたのに、私は胸の高鳴りを鎮めるのに必死で相槌を打つだけで精いっぱいだった。

自宅前に着き、大翔はハザードランプを点灯させて車を停めた。

「今夜は急な誘いに応えてくれてありがとう」

「ううん、そんな。……こっちこそごちそうさまでした」

シートベルトを外して降りようとした時、大翔に腕を掴まれた。びっくりして彼を見れば、どこか寂しげに私を見つめる。

「な、なに？」

困惑しながらも聞くと、大翔は目を伏せた。

「いや、久しぶりに会えたのにもう離れるかと思うと、寂しいと思って、さ……」

歯切れ悪く言いながらチラッと私を見る瞳になぜか幼い男の子が重なって、私は思わず目を見開いた。

今の男の子は誰？　顔も名前も思い出せないのに、どうして大翔と似ていると思ってしまったのだろう。

突然浮かんだ謎の記憶に困惑してしまう。そんな私に気づいたのか、大翔は手を離して心配そうに顔を覗き込んできた。

「どうしたんだ？　桜花。夜風に当たりすぎて体調が悪いのか？」

「あ……ううん、違うよ大丈夫。その……大翔が変なことを言うからびっくりしちゃっただけ」

誤魔化すように適当に言ったものの、彼は不服そうに片眉を上げた。

「変なことって桜花と離れるのが寂しいって言ったこと？　それのどこが変なんだよ」

「とにかく変なの！」

一方的に言って素早く車から降りた。すると大翔は助手席の窓ガラスを開ける。

「桜花、俺はいつだって本気だから」

熱い気持ちを瞳に宿して言われ、嫌でも胸が高鳴る。

でも大翔は冗談で言っている可能性もあるし、ただ単に私の反応を見ておもしろがっているだけなのかもしれない。

それに他に想い人がいるのに、私と結婚しなくてはいけない理由があるのかもしれない。もしそうならば、私がこんなにも大翔の言動に戸惑い、心を乱されていると知ったら困るんじゃない？

彼の真意が知りたくて、開いた窓ガラスから見つめた。しかし、愛おしそうに私を見つめ返すだけで、なにを考えているのかまったくわからない。

だからこそ知りたい。なぜこんなにも私と仲を深めようとしているのかを。

他に大切な人がいて、それでも私と結婚しなくてはいけないのなら、愛は必要ないのでは？

わざわざ自分に恋をさせる必要もなく、結婚さえすればいいんじゃないの？

大翔の考えがわからないからこそ知りたい。なにを思って私にアプローチしてくるのかを。

「今度は私のオススメのお店に行くんでしょ？　……休みがわかったら連絡して。予定合わせるから」

一緒に過ごす時間を増やせば、その答えに辿り着くかもしれない。そのためにもできるだけ会うべきだ。その思いで言ったというのに、大翔は嬉しそうに頬を緩ませた。

「あぁ、わかったよ。帰ったらスケジュールを確認してすぐ連絡する」

「うん」

するとと大翔は愛おしそうに私を見つめる。

「デート、楽しかった。今度は少し遠出しよう」

「……うん」

ただ食事をしただけだけれど、私も大翔と会って話ができて楽しい時間を過ごすことができた。大翔のことを知ることができたし、私の仕事に対する思いも理解してくれてすごく嬉しかった。

「家に着いたらまた連絡する」

「うん。気をつけて帰ってね」

「ありがとう」

「体を冷やすから早く家に入れ」と言われたけれど、見送りくらいしたい。

「大翔が帰ったらすぐに私も家に入るから」

そう言うと大翔は私を先に家に入れるのを諦めたようで、小さく息を漏らした。

「……わかった。絶対だぞ?」

「うん。気をつけてね、おやすみ」

「あぁ、おやすみ」

最後の言葉を交わして彼は車を発進させた。

「本当に大翔はなにを考えているんだろう」

お見合いした経緯も気になるし、なぜ私との結婚にこだわるのかもわからない。そのくせ大切な人がいるみたいだし。それなのに、私に甘い言葉を囁く意味はなに?

彼の気持ちが本物だと信じられずにいるというのに、ひとつだけ確かなことがある。

恋をしたことがない私でもわかるほど、自分が大翔に惹かれているって。

「あ、ジャケット……」

大翔の車を見送って数分経ってから、ジャケットを借りたままだと気づいた。

優しくされると嬉しいのに、胸の奥がギュッと締めつけられて切なくもなる。

人生初のデートは、私に様々な感情を残していったのだった。

ずっと諦めきれなかった初恋　大翔ＳＩＤＥ

「桜花、昔と変わらず可愛かったな」

桜花を自宅まで送り、就職を機に家を出てひとりで暮らし始めた駅前のマンションに帰宅した。シャワー浴び終えた俺は、窓からベリが丘駅を眺めながら見合いの日から今日までのことを思い返していた。

祖父から写真をもらい、桜花がどんなふうに大人になったのかは知っていたが、写真と実物とでは雲泥の差だった。

実際に会った桜花は愛らしさが増していたし、あの怒った顔も最高に可愛くてたまらなかった。

「だけど予想通りとはいえ、会っても俺のことは思い出してくれなかったか」

実は桜花とは、お見合いの日が初対面ではなかった。だから食事の前には必ず両手を合わせて「いただきます」と言うのは変わっていなくて、胸が熱くなったし、怒ったらムキになるところも変わらずで何度笑いをこらえたか。

お見合いの席で桜花と会った時、もしかしたら思い出してくれるのではないかと少しばかり期待した自分がいた。

でも却って思い出さないでくれてよかったのかもしれない。やっと両親の死のトラウマを克服し始めているというのに、俺のことを思い出して彼女につらく、悲しい思いをさせたくない。

俺たちはあの日、新たに出会ったんだ。これからまた関係を築いていけばいい。

昔は人見知りの俺を気遣い、桜花から近づいてくれた。だから今度は俺から近づいていくさ。彼女が俺を好きにさせたように、今度は俺が桜花を好きにさせてみせる。

外の景色を眺めながら脳裏に浮かんだのは、桜花と初めて会った日のことだった。

彼女との出会いは五歳の誕生日を迎えて少し経った頃。

祖父に着物を仕立ててやると言われ、初めて松雪屋の暖簾をくぐると、真っ先に出迎えてくれたのは愛らしい女の子だった。

「いらっしゃいませー」

笑顔で俺と祖父を出迎えてくれたのが桜花だった。眩しい笑顔で両親の真似をしてだろうか、手厚くもてなしてくれた。

「どうぞお客様、お茶です」

うしろで桜花の母がハラハラしながら見守る中、桜花が俺と祖父のジュースとお茶を運んできてくれたことをよく覚えている。

俺たちに飲み物を渡して満足げに笑っている顔が、すごく可愛かった。

当時の俺は人見知りで、祖父が助け舟を出してくれたんだ。

「大翔、自己紹介しなさい」

祖父に言われて「大翔っていうんだ、よろしく」と言うと、桜花は満面の笑みを見せた。

「うん、もちろんだよ！　よろしくね、大翔君！」

小さな手が差し伸べられ、俺は緊張しながらも桜花の手を握った。

「お友達になったから、これからいっぱい遊びに来てくれるでしょ？　その時に困らないように大翔君にうちを案内してあげる！」

そう言って桜花は俺の手をずっと握ったまま、お店からすぐ近くにある家の中の隅々まで教えてくれた。

自分の部屋では宝物を見せてくれたり、庭先に出ればいつもどんな風に遊んでいるのかを教えてくれたり。コロコロと表情を変えながら話す彼女から俺は目が離せなくなった。

帰る頃にはすっかりと俺は桜花に心を開いていて、それから頻繁に会うようになっていく。

次に会った時には桜花の兄、栄臣もいて最初はなかなか打ち解けられなかったものの、栄臣とはゲームの話で盛り上がり、三人で会う時はゲームをするようになった。

そうなると、ますます桜花の家に行くのが楽しみで、祖父に限らず両親に連れていってほしいと懇願するほど桜花に会いたくてたまらなかった。

次第に仲を深めていく俺たちを俺の家族も桜花の家族も喜んでいて、彼女がうちに訪ねてくることも多くなっていった。

桜花は本当に感情豊かで、笑ったり怒ったり悲しんだりと忙しない子だった。だから余計に目が離せなくて、でもそんな彼女と一緒にいると楽しくてたまらなかった。

そして、彼女を知れば知るほどもっと一緒にいたい、桜花の一番になりたいと思うようになる。

この気持ちが恋だと気づいたのは、桜花と出会って一年が過ぎた頃。よく初恋は実らないものだというが、ジンクスを打ち破り、桜花もまた俺を好いてくれた。

「ねぇ、大翔君。私ね、大好きな着物をもっとみんなに着てもらうことが夢なんだ」

「すごいね。でも桜花ちゃんは着物のこと、すごく詳しいし、絶対にできるよ」

それは小学校入学を控えた三月の終わり頃。祖母とともに遊びに来た桜花と俺の部屋で遊んでいた時に、将来の夢はなにかという話になった。

「えへへ、ありがとう大翔君」

俺に褒められて嬉しそうにはにかむ姿に、胸の奥が苦しくなる。

「じゃあ今度は大翔君の番ね」

「……うん」

将来の夢はなにか。何気ない問いに、俺はいつもすぐに答えることができず、決まって「まだわからない」と言っていた。

だけどそれは嘘で、物心ついた頃からずっと好きだった飛行機のパイロットになりたいと次第に思うようになっていった。

しかし、周りから「おじいちゃんとお父さんと同じように、大翔君も外交官になるのね」「将来が楽しみだ」と言われ続けてきた。

両親と祖父も「まだ幼いから将来はわからない」と周囲に漏らしながらも、俺に期待を寄せられているのを子供ながらに感じ取り、ふたりとは違う仕事をしたいと言い出せずにいた。

俺が将来、パイロットになりたいということは誰も知らない。それを桜花に伝えてもいいのかと迷いが生じる。

もしかしたら俺がパイロットになりたいことを祖母に言ってしまうかもしれない。そうなれば祖母から俺の家族に伝わる可能性もある。

それが怖くて言えずにいると、桜花が俺の顔を覗き込んできた。

「大翔君？」

「あ……」

俺を見つめる表情は心配そうで、少しでも桜花のことを疑った自分が恥ずかしくなった。桜花は優しくて思いやりがある子だった。悪いことはしないし、一緒に遊んでいる時だっていつも俺が楽しんでいるか気遣ってくれた。

きっと桜花ならみんなには内緒にしてほしいと言えば、その約束を守ってくれるだろう。それに自分の夢を打ち明けてくれた彼女には、俺も自分の夢を伝えたい。

「今から言うこと、内緒にしてほしいんだけど……」

すると桜花は真剣な表情で大きく頷いた。

「大翔君が内緒にしてほしいなら、絶対に誰にも言わないよ！」

すぐに望んでいた答えが返ってきて胸を撫で下ろす。

「ありがとう。……俺、飛行機が大好きで大きくなったらパイロットになりたいんだ」

「パイロットって飛行機を運転する人？」

「うん」

そこから俺は、幼い頃に初めて見た飛行機に強い憧れを抱き、いつかカッコいい飛行機を操縦したいと思うようになった経緯を話した。

自分の夢を打ち明けたのは初めてだったからか、嬉しくなっていつもより饒舌に語る俺を見て桜花は目を瞬かせた。

「あ……ごめん、うるさかったよね」

一方的に話したことが申し訳なくなり謝るが、桜花は首を横に振って眩しい笑顔を見せた。

「ううん、そんなことないよ！　夢のお話をする大翔君がすごくカッコいいなって思って見てたの」

「カッコいいって……えっ⁉」

時間差で桜花に言われたことを理解して、大きな声が出てしまった。

カッコいいって桜花が言ったんだよな？　嬉しすぎてなかなか信じられずにいると、桜花が顔を近づけてきたものだから、思わずのけ反った。

「じゃあ大翔君がパイロットになったら、絶対に私を乗せてね」

「桜花ちゃんを？」

「うん！　大翔君がパイロットになって最初に飛行機を運転する時に私を乗せて」

俺がパイロットになったら……。今までは、この家に生まれた以上は叶えることは不可能だと諦めていた夢。でも彼女はまるで俺が本当に夢を叶えるかのように言う。

「もちろん大翔君がパイロットになりたいことは、誰にも言わないよ。私と大翔君の秘密ね」

人差し指を立てて「シー」と言う愛らしい姿に胸が痛くなる。

「楽しみだなー、大翔君が運転する飛行機に乗るの。あ、その時はヨーロッパってところに行きたいな。前にね、パパとママが世界中の人に着物を見てもらうためにヨーロッパに行ってきたの。だから私も最初はヨーロッパに行きたいなぁ。どんなところなんだろう」

もしかして桜花は、ヨーロッパという国があると思っているのだろうか。夢を膨らませる桜花に笑みが零れる。

「私も大翔君に負けていられないね！　絶対にいっぱいの人に着物をたくさん着てほしいもん。一緒に頑張ろうね！」

俺もやっぱり飛行機を操縦してみたい。桜花と話してその思いは強くなった。

「うん、俺も頑張る」

「じゃあ約束」

そう言うと桜花は小指を立てた。約束として指きりしようという純粋な桜花とは違い、彼女に触れることに緊張してなかなかできずにいると、桜花は不安げに言った。

「私と約束するのは嫌？」

「え？　ううん、まさか！」

彼女を悲しませてしまったことに気づき、慌てて指きりをした。すぐに笑みを見せ、桜花は満足そう。

「約束したから、私も大翔君も夢を叶えなくちゃね！」

「……うん」

最初は反対されるかもしれないけど、桜花との約束を破りたくない。その思いが強くなると同時に、彼女に対する気持ちも大きくなっていく。

「ねぇ、桜花ちゃん」

「ん？　なに？」

可愛らしく返事をする桜花に聞きたくなった。

「俺がパイロットになるのは、すごく大人になってからだと思うんだ。……それまで桜花ちゃんはずっと俺のそばにいてくれる？」

「もちろんだよ！　じゃあずっと一緒にいるためには、結婚しなきゃだね」

「え？」

まさかの話に驚きを隠せない俺に対し、桜花は話を続ける。

「パパとママみたいに結婚したら、ずっと一緒にいられるんだよ。だから結婚しなくちゃ」

ずっと一緒にいられる。それはなんて幸せな言葉だろうか。

「うん、俺も桜花ちゃんと結婚したい。……だから俺が大人になって、パイロットになるまで待ってて」

「もちろんだよ！　約束、忘れないでね」

桜花の愛らしい笑顔に胸が高鳴る。

きっと桜花は結婚というものがどういうものなのか、正確にはわからなかったんだと思う。その証拠にすぐに両親たちの前で俺と結婚する宣言をし、家族を驚かせた。

まぁ……家族は子供が言うことだから、おままごとの延長みたいなものだろうとしか思っていなかったらしいが。

だけど俺は違った。桜花のことが好きで本当に結婚したいと思った。

そのためにも俺は小学校に入学してすぐに、両親と祖父に将来は外交官ではなく、パイロットになりたいと打ち明けた。

反対されることを覚悟の上で伝えたところ、家族は意外な反応を見せた。俺が決死の思いで言った姿を見て、家系のせいで外交官にならなくてはいけないというプレッシャーを負わせてしまい、悪かったと謝ってきたのだ。

祖父も父も自らの意思で外交官の道に進んだ。そもそも外交官という職業は、親がやっているからなどという理由で務まるほど甘いものではないと言われてしまった。それに七歳になったばかりなのに、もう夢を見つけたことに両親は感心し、全力で応援すると言ってくれた。

思いがけない展開に拍子抜けしてしまったが、これで夢を追い、叶えるチャンスを掴んだ。あとは夢を叶えて桜花と結婚するだけ。

夢を打ち明けたのをきっかけに、俺は家族に桜花と本気で結婚したいことも話した。すると家族は本気なら応援すると言ってくれたのだ。家族が夢も恋も応援してくれていることは心強かったし、どちらも叶う気がしていた。

小学生になり、桜花は少しおませになった。結婚するならお互い呼び捨てにしようと言われた時は驚いた。でも「桜花」「大翔」と呼び合うたびに、特別な関係になった気がして嬉しかったのを今でもよく覚えている。

この頃になると、俺はよく桜花をからかうようになった。意地悪するとムキになって言い返してくる桜花が可愛くてたまらなくてやめられなかった。

もちろんあまり意地悪すると嫌われると思ってほどほどにしていたが。

しかし、幸せな日々はそう長くは続かず、あの事故が起きた。

展示会を開くために海外へ出かけて行った桜花の両親が、飛行機事故で帰らぬ人となったのだ。

そのショックで桜花は記憶の一部を失った。その一部とは、俺との記憶だった。

心配で会いに行った時、「誰？」と聞かれた瞬間は耳を疑った。どんなに「大翔だよ」と説明しても桜花は知らないの一点張りで、次第に頭痛を訴え倒れてしまった。

理由はわからないが、医師からは時間が経てば戻ることもあるし、戻らないこともあると言われた。

なぜ俺のことだけ忘れてしまったのかについては、医師の見解では俺がパイロットになりたいと言っていたことと、両親の死因が飛行機事故ということが関係しているのかもしれないと言っていた。

さらに桜花は飛行機恐怖症になった。それを聞き、俺は絶望した。

きっと俺に会ったらまた頭痛に襲われ、嫌な思いをする。最初は桜花に会いに行くことを家族に反対されるたびに反発していたが、桜花のことを一番に考えたら会わないほうがいいと思うようになった。

それに記憶を失って以降、会ったとしても桜花は俺に怯えていて、大好きだった愛らしい笑顔を一度も見せてくれなかった。それがつらくて悲しくて、俺が耐えられそうになかった。

祖父と両親は今辛抱すれば、いずれ時間が解決してくれると言っていたが、桜花のトラウマはそう簡単なものではなかったようだ。

祖父を通して桜花のことは逐一教えてもらっていた。大きくなるにつれて、互いにスマホを持つようになった栄臣とも、頻繁に連絡を取り合うようになった。

栄臣もまた両親を失ってつらいはずなのに、兄として桜花を支えなくてはいけないという強い責任感が芽生えたようで、桜花のそばに寄り添いながら呉服店の跡取りとして勉強の日々だったようだ。

祖父と栄臣から聞いたところ、飛行機を見ても平気になったのは大人になってからで、それでもまだ乗れないという。

そして俺の記憶に関しては思い出されることはなかった。

家族には何度も桜花のことは諦めたほうがいいと言われ続けたが、会えない時間が桜花への恋心を募らせた。

いつ桜花が記憶を取り戻してもいいように、俺はパイロットを目指し続けた。

祖父から桜花も幼い頃の夢を叶えるために奮闘していると聞き、その気持ちはますます強くなり、航空大学では優秀な成績を収めて、常にトップを維持して操縦士になるための様々な資格を取得した。

晴れて国内大手の航空会社に入社し、今は副操縦士から機長に昇格するため、努力を重ねる日々だ。

堂々と桜花に会えるまで我慢していたのだが、そうも言っていられなくなった。

桜花の祖母が年頃の彼女をみかねて、見合い相手を探し始め、何人かの候補を見つけたらしいと祖父から知らされたからだ。

すぐに直談判に行ったところ、桜花の祖母から意外な胸の内を明かされた。

桜花と同じくらい俺のことも孫のように大切に思ってくれていたようで、だからこそ幼い頃の約束に囚われず、幸せになってほしいと言う。

桜花が記憶を取り戻す様子はなく、思い出してまたつらい思いをさせたくないという彼女の祖母なりの気持ちもあった。

それでも俺は桜花のことを諦めることはできないし、記憶が戻らないならまた一から出会って関係を始めたい。結婚するなら桜花しかいないと自分の想いをぶつけた。

俺の真剣な想いを理解してくれた桜花の祖母は、彼女と会う機会をくれたのだ。

俺と会った時の桜花の反応が心配だが、なにかあったとしても一途に想いを寄せていた俺なら、桜花を支えることができると思ってくれたそう。

それにずっと一途に桜花を想い続けてきた俺になら、大事な孫娘を任せられると言われた時は、身が引き締まる思いだった。

再会してからも、桜花は俺のことを思い出す兆しがない。それならばこれから好きになってもらえるよう努力するまでだ。

そのためなら、自分の気持ちはいくらでも抑えてみせるさ。

「覚悟しておけよ、桜花」

恋してしまった

平日の十五時過ぎ。百年以上の歴史がある和菓子店『和田《わだ》』に来たのはわらび餅が目当て。

もっちり食感のわらび餅と、和田オリジナルのきな粉と黒蜜の相性は抜群でとにかく美味しい。

「店内にイートインスペースがあるんだな」

「うん、昔、よくおばあちゃんと来てここで食べていたの」

初めてデートをした日、大翔に私のオススメの店に連れていってほしいと言われたから、約束通りに連れてきたわけだけれど……。

お店に入ってからの大翔の反応がずっと気になってしまう。

あんな高級店に連れて行ってもらった後に、どこに連れていけばいいのか悩んだけれど、真っ先に浮かんだのがここだった。

子供の頃、祖母に連れられて初めて食べた時、こんなに美味しいものがあるんだと感動したのを今でもよく覚えている。

それは大人になった今も変わらなくて、何度食べても飽きないくらい好きなものを大翔にも食べてほしいと思ったのだ。

大翔はさっきから興味深そうに店内を見回している。休日のこの時間は常に満席で一時間以上待つ時もあるが、平日ということもあってすぐに入店することができた。数組の客しかいないものの、その客からの視線がさっきからすごい。

私たち以外若い女性客だからだろうけど、みんな大翔のことを見ている。

注文したわらび餅と抹茶のセットが運ばれてくると、大翔は手を合わせた。私も手を合わせるものの、大翔の反応が気になって手が止まる。

彼はひと口頬張ると、顔を綻ばせた。

「……ん、やっぱり美味いな」

「え？　やっぱり？」

思った反応と違って眼を瞬かせてしまう。だってここに着いた時、「初めてきたよ」って言っていたよね？

すると大翔はわざとらしく咳払いをしてもうひとつ口に運んだ。

「や、やっぱり想像していた通り美味いな」

「想像していた通り？」

「あぁ」

少しぎこちなさを感じて疑問を抱くものの、大翔の美味しそうに食べ進める姿を見て私も口へと運ぶ。

「うん、美味しい」

もう数えきれないほど食べているのに、まるで初めて食べたような感動を覚える食べ物はこのわらび餅だけだ。途中で抹茶を飲むとまたさらに美味しく食べられる。

「おばあちゃん以外とも、この店に来ていたのか？」

「うん、お兄ちゃんも一緒だったし……よく両親とも来ていた」

断片的にしか思い出せないけれど、家族五人で来て食べた記憶はある。

「その時ね、えっと……たしかお兄ちゃんかな？　黒蜜を服に零して怒られちゃって」

「えっ？」

なぜか大翔は驚いて目を丸くさせた。

「どうしたの？」

不思議に思って声をかけると、彼は我に返って笑みを浮かべた。

「いや、なんでもない。ただ、栄臣にもそんな間抜けなエピソードがあったんだと思ってさ」

「そうなの、意外でしょ？　しっかり者のお兄ちゃんだけど……」

あれ？　黒蜜を零したのって本当に兄だった？　でも男の子だったのは間違いない。

家族以外とわらび餅は食べにきたことはないんだ、お兄ちゃんで間違いないよね？

それなのに、なぜこんなにも引っかかるのだろう。

話が途中のまま考え込んでいると、心配そうに大翔が顔を覗き込んできた。

「悪い、亡くなったご両親のことを思い出させてしまって」

「え？　あ、ううん、違うの大丈夫だから」

私が黙り込んでしまったから、両親のことを思い出して落ち込んでいると思ったんだよね？　違うことを考えていたから申し訳なくなる。

両親のことを思い出すと悲しい気持ちになるが、大人になって少しずつ傷は癒されていき、今は両親の死を受け入れることができている。

きっとふたりも残された私と兄が幸せに暮らしていることを望んでいると思うから。

「ただ、その……なんか、記憶違いがある気がして」

「記憶違い？」

「うん。黒蜜を零したのはお兄ちゃんだったはずなのに、違うような気がしてきちゃったの」

「そう、なのか」

少し考え込んだ後、大翔は私の様子を窺う。

「今、頭痛がしたり気分が悪かったりしないか？」

「うん、しないけど？」

どうしてそんな心配そうに聞くのかわからず小首を傾げる。

「……そっか。ならよかった」

安堵した彼に、私はますます戸惑う。

「どうしてそんな心配したの？」

「いや、なんでもない。気にしないでくれ」

すると彼は通常運転に戻り、残ったわらび餅を食べ進める。

あまり深く考えなくてもいいのかな？　ただ単に黒蜜を零したのが兄じゃなかったら、からかう理由なくなっちゃうからとか？

わらび餅を食べながら大翔の様子を窺っていると、そんな気がしてきた。私の記憶だって曖昧なものだし、勘違いだって可能性もある。あまり気にしなくてもいいよね。

そう自分に言い聞かせて、美味しく完食した。

「ごちそうさまでした」

「ごちそうさま。桜花の好きな物を食べられてよかった」

不意打ちの甘い言葉に飲んでいた抹茶を吹き出しそうになって、慌てておしぼりで口元を拭いた。

「あのさ、あまりそういうことは言わないでくれない？」

ジロリと睨みながら言うと、大翔は頬杖をついて意地悪な顔になる。

「そういうことってどういうこと？」

「わかってるでしょ？」

「わからないから説明してくれよ」

ここでムキになったら大翔の思うツボだとわかってはいるけれど、どうしても苛ついてしまう。

「私がムキになって怒ったり照れたりするのを見て楽しむのを止めてって言ってるの」

怒っていると伝わるようにつっけんどんに言ったはずが、大翔は口を手で覆って必死に笑いをこらえる。

「ねぇ、私の話をちゃんと聞いてた？」

「あぁ、もちろん。愛おしい桜花の話を聞かないわけがないだろ？」

「そういうところだからね⁉」

さっそくまた私をからかってきた大翔に突っ込めば、彼は声を上げて笑いだした。

本当になんでこんな意地悪なのかな？　そうだよ、口では愛の言葉を囁きながらも信じられないのは、こうやって意地悪されるからじゃない？

怒りを露わにする私を見てさすがにまずいと思ったのか、大翔は笑いをこらえながら話し始めた。

「俺がつい桜花をからかってしまうのは、そうだな……。あれだ、よく小学生男子は好きな子ほどいじめたくなるっていうだろ？　まさにそれだ」

「なにそれ」

大翔は納得しているようだが、到底私には理解できない。

「とにかく俺は桜花のことが好きってことだ」

軽々と囁く愛の言葉を、どうやって信じたらいいの？　だって普通は好きな人に気持ちを伝えるって勇気がいることじゃないのだろうか。

私は誰かに好きって言ったことはない。だからどれほど緊張するのかわからないけれど、その時がきたら心臓が口から飛び出すほどやばい状態になると思う。

それなのに今の大翔は？　まったく緊張している様子はない。出会った時から余裕そうだった。そんな彼の言葉をどうやって信じたらいいの？

「ねぇ、どうして私とお見合いをしたの？」

「それはもちろん相手が桜花だったからだよ」

「会ったこともないのに？」

「あぁ。ずっとじいさんから桜花の話を聞いていて、写真も見せてもらっていたから」

たしかに上杉のおじさまは私が新作の着物を着て店先に立つたびに、可愛いからと言って写真を撮っていた。

じゃあそれを大翔は見て私を知っていたってことなの？

「でもそれだけで会ってすぐに結婚したいと思うのはおかしいと思う。なにか私と結婚しなくちゃいけない理由があるんじゃない？　例えば結婚相手を早く見つけないと、上杉のおじさまの決めた相手と結婚させられるとか。それが嫌だから私と結婚する意志があるって示して、結婚させられないための時間稼ぎをしているとか！」

自分で言っていて、だんだんとそんな気がしてきた。

「私だったら絶対に自分を好きにならないって自信があるんでしょ？　だから必死に思ってもいない愛の言葉を囁いて、アタックしているアピールをしているんだ」

絶対にそうだ！と謎の自信を持って聞き、どんな返事が来るかと緊張する私を見て大翔は目を瞬かせた。そして次の瞬間、店中の人の視線が集まるほど大きな声を上げて笑いだした。

「アハハッ！　桜花、お前っ……！　どれだけ想像力が豊かなんだよ」

「どうして笑うの？　あながち間違っていないでしょ？」

せっかく大翔が言いづらいことを私から言ってあげたというのに、笑われるなんて心外だ。

すると大翔は注目する周りの人たちに「騒がしくしてすみません」と謝った後、声を潜めた。

「素晴らしい妄想をしてもらったのに申し訳ないけど違うよ。……じいさんから桜花の人柄を聞いていたし、写真を見て可愛いと思った。それに実際に会って話したら、この人と結婚したいと思ったんだ」

「……っ！　また冗談を言ってっ」

「冗談じゃないさ。信じてもらえないなら、信じてもらえるまで今後も伝え続けるよ」

一枚も二枚もうわてな大翔を前に言葉が続かなくなる私を見て、彼は満足げに目を細めた。

「ちょっと待っててくれ」

「あ、うん」

そう言うと大翔は席を立ち、店舗のほうへと向かう。少しして戻ってきた彼の手には紙袋がふたつあった。

「これ、家族みんなで食べてくれ」

「え？　うちに買ってくれたの？」

受け取りながらも戸惑いを隠せずにいると、彼は持っている紙袋を掲げた。

「あぁ。せっかくだから今日ふたりで食べたものをご家族にも食べてもらいたいと思ってさ。栄臣から最近は忙しいと聞いているし、わらび餅、食べに来られていなかったんだろ？　だったら家で食べたらいい。きっと栄臣のやつ、喜ぶと思うぞ。うちのじいさんも喜ぶだろうし、桜花のおかげでいい土産ができたよ」

「大翔……」

意地悪だけれど、こうして優しさに触れると簡単に絆されてしまいそうになる。

「ありがとう」

胸の高鳴りを鎮めながらお礼を言うと、彼は嬉しそうに目を細めた。

それから少し話をしてお会計することになったが、ここでひと悶着あった。前回は大翔に出してもらってしまったし、今日もお土産を買ってもらったわけだから当然私が払う気でいたのに、彼が「俺が出すからいい」と言い出したのだ。

さすがに申し訳ないし、この店に誘ったのは私だからと言ってどうにか支払いをさせてもらえた。

「ごちそうさま。奢ってもらったから、今度は俺が出すからな」

「それじゃまた私も出したくなるんだけど」

それでなくても前回のデートの際の食事代とわらび餅代とでは、雲泥の差で申し訳なく思っているのに。

駐車した近くのパーキングへ向かいながら、彼はなにか閃いたようで声を弾ませた。

「じゃあ延々とデートを繰り返せばいい。うん、結婚しても子供ができたとしても、必ずふたりの時間を作ろう」

「結婚に子供って……！」

まだ恋人にもなっていないというのに、彼はいったいなにを言っているの？

「俺は何度も桜花と結婚したいって言っているだろ？」

「そうだけど……」

だめだ、このままではまた大翔のペースに巻き込まれてしまう。

「早く帰ろう。明日、朝早いんでしょ？」

歩くスピードを速めると、大翔は残念そうに「あぁ」と呟いた。

「明日、朝一のフライトじゃなかったら夕食まで一緒にいたかったんだが」

「仕事なら仕方がないじゃない」

大翔はパイロットとして業務に支障をきたさぬよう、睡眠時間をしっかりと確保し、日々体力作りにも励んでいるそう。

お酒も乗務する十二時間前から禁止されているだけで、飲むことは問題ないのにパイロットになってからは一滴も飲んでいないと言っていた。

真面目で仕事に真摯に取り組んでいる姿は尊敬する。

彼の運転する車で自宅に向かう途中も、他愛ない話が尽きず、あっという間に着いてしまった。

「今日はありがとう」

シートベルトを外しながら言うと、大翔は「こちらこそ」と言う。

「明日からイギリス便だから、行く前に会えてよかった。そうだ、この前も話したけど飛行ルートによってはオーロラが見えることもあるんだ。もし見れたら写真を撮って送るよ」

「本当？　楽しみにしてる」

「あぁ」

私が見たいって言ったことを覚えていてくれた。ただそれだけのことがたまらなく嬉しい。

だけどそっか。明日からイギリス便ってことは、数日は帰ってこないんだ。

「フライト前の貴重なお休みに本当にありがとう。……気をつけていってきてね」

すると大翔は目を大きく見開いた後、頬を緩ませた。

「ありがとう。家に着いたら連絡する」

「うん。帰り、気をつけて」

最後のやり取りをして車から降りようとしたところ、ドアを開けるより先に大翔が私の手を掴んだ。

びっくりしてすぐに見た彼は切なげな表情をしていて、胸がギュッと締めつけられる。

「ど、どうしたの？」

胸の高鳴りを鎮めながら聞くと、大翔は「離れがたい」と言って深いため息を漏らした。そのまま俯いたものだから、彼の旋毛《つむじ》が見えた。

いつも意地悪なことを言うくせに、こうも素直に言われたら、ギャップにドキッとしてしまう。

少しすると大翔は深く息を吐いて私の手を離した。

「悪い、引き止めて。……日本に戻ったらすぐに会いに行くから待っててくれ」

「……う、ん」

今度こそ車から降りると、大翔は窓を開けて小さく私に手を振って車を走らせていった。

もう彼が運転する車は見えないのに、胸が高鳴って家に入ることができない。

深呼吸をして落ち着かせる中、背後から声をかけられた。

「桜花ちゃん？　どうしたの？」

振り返ると買い物帰りなのか、エコバックを手に持った雪乃さんがいた。

「え、雪乃さんひとりで買い物に行ったんですか？」

急いで彼女に駆け寄り、エコバックを預かった。

「ありがとう。でも少しは運動もしないといけないし、軽いものだから平気よ？」

「そうかもしれませんけど、お兄ちゃんが知ったら泣いて心配しますよ」

兄はとにかく雪乃さんのことが大好きで、妊娠が発覚して安定期に入るまでは四六時中雪乃さんの心配をしていた。

「ふふ、そうかもしれないわね」

笑って言うけれど、雪乃さんのことになると兄は少々面倒になるから正直鬱陶しい。

それを前に雪乃さんにコソッと言ったところ、「そんなところが好きなのよ」なんて惚気られてしまったけれど。

「桜花ちゃんは今日はたしか大翔君とデートだったよね？　どう？　楽しかった？」

家に入ってキッチンで一緒に買ってきたものを冷蔵庫の中にしまいながら聞かれた瞬間、ピクッと身体が反応する。

「楽しかった、のかな？」

なぜか疑問形で答えた私に、雪乃さんは微笑ましい目を向けるものだから居たたまれなくなる。

「そうだ、大翔がお土産にわらび餅を買ってくれたんです」

「それって和田の？」

「はい」

雪乃さんも兄に連れていってもらって、すっかりと和田のわらび餅の虜になってしまった。

「嬉しい、じゃあ栄臣とおばあ様が帰ってきたらみんなで食べよう。きっとふたりとも喜ぶわ。とくに栄臣はわらび餅に目がないからね」

兄は私以上に和田のわらび餅のファンだった。甘い物が好きということもあるけれど、それ以上に両親との思い出がいっぱい詰まっているからだと思う。

私はまだ幼くて、両親との思い出は断片的にしか残っていないのに対して、兄は今も鮮明にたくさんの思い出を覚えているそうだから。

「さて、今日は栄臣リクエストの肉じゃがにする予定なんだけど、いいかな？」

「もちろんですよ。手伝います」

「ありがとう」

ふたりでキッチンに並んでさっそく調理を開始する。

「こうやって桜花ちゃんとふたりで料理をするのは久しぶりね」

「そういえば……。すみません、身重な雪乃さんについ甘えちゃって」

「いいのよ、料理好きだから。それにいつもみんな美味しいって言って食べてくれて嬉しいの」

雪乃さんは「みんな」って言うけれど、本当は〝兄〟なんだろうな。現に結婚してからというもの、兄は毎日雪乃さんが作ったものなら、なんでも必ず「美味しい」と言って食べている。

聞いているこっちは恥ずかしくなるが、でも好きな人に自分が作ったものを褒められたら嬉しくなるよね。

私だって大翔に料理を褒められたら嬉しいだろうし。……ん？　ちょっと待って。なんでここで大翔が出てくるわけ？

玉ねぎの皮をむく手は止まりパニックに陥っていると、雪乃さんが「どうしたの？」と聞いてきた。

「あ、いいえ！　なんでもないです。ただ、その……」

大翔のことを考えていたんですなんて正直には言えず、口籠る。

するとピンときたのか、雪乃さんは包丁で人参を切る手を止めて声を潜めた。

「もしかして大翔君のことを考えていたの？」

「えっ⁉」

大きな声で反応したら、図星ですと言ったもの。確信した雪乃さんはにんまり顔で続けた。

「そっか、そっか。桜花ちゃん、大翔君のことが好きになっちゃったか」

「ちょ、ちょっと雪乃さん？　私、まだひと言もそんなこと言っていませんよね？」

「じゃあ違うの？」

間髪を容れずに聞かれた言葉を、すぐには否定できなかった。

だってこんなにもドキドキするのも、彼の些細な言動に心が振り回されるのも、大翔に惹かれている証拠でしょ？

「雪乃さんはどう思いますか？」

「ん？　なにが？」

雪乃さんも兄同様、大翔と交流があったと聞いている。私よりも彼のことを知っているかもしれない。

「私と大翔はお見合いの日に初めて会ったんです。大翔は上杉のおじさまから話を聞き、写真も見せてもらって私のことを知っていたと言っていましたけど、でもそれだけで会ってすぐに結婚を決められますか？　どうも私は大翔には私と結婚しなければいけない理由があるんじゃないかって疑っちゃって……」

どれだけ大翔に愛の言葉を囁かれても素直に受け入れられないのは、これが原因だ。だって恋ってそんなにすぐ芽生えるものなの？　それも生涯ともに過ごすことになる結婚相手を、会ったその日に決められるもの？

それを聞きたくて結婚している彼女の答えを待つ。すると雪乃さんは気まずそうに目を泳がせた。

「えっと……人それぞれじゃないかな？　実はこれ、栄臣に家族には絶対に言うなって言われていたんだけど、私ね、栄臣に高校の入学式の日にプロポーズされたんだ」

「プロポーズって……えっ⁉　お兄ちゃんがですか⁉」

思いもよらぬ話に大きな声で聞き返すと、雪乃さんは人差し指を立てた。

「本当に内緒よ？　栄臣とは隣の席でね、これからしばらく隣で過ごすことになるから声をかけたら微動だにしなくなっちゃって。どうしたのか聞いてみたら、『結婚してくれ』って言われたの」

「嘘……」

あのお兄ちゃんが？　それこそ入学式で雪乃さんと出会ったんだもの、本当のひと目惚れってやつなの？

信じられずにいる私に雪乃さんは笑みを零しながら続けた。

「栄臣曰く、ひと目見て私と将来結婚するって確信したんだって。もちろん私も桜花ちゃんと同じで、すぐには信じられなかったわ。でも、毎日のように告白されて、どれだけ私を好きか聞かされ続けたら簡単に絆されちゃったのよね」

照れ臭そうに話す雪乃さんが可愛くて、聞いているこっちがドキドキしてしまう。

「歴史ある呉服店の店主になるための努力を惜しまない人で、家族思いの優しい人だと知って。好きにならない理由がないと思わない？」

「……そうですね」

そこは妹としてもすごく尊敬している。早くに両親が亡くなり、私と祖母を常に気にかけてくれて、子供のうちから兄は店主になるための勉強を続けてきた。

雪乃さんが兄のことを理解して好きになってくれたことが嬉しい。

「だから大翔君の気持ちに嘘はないと私は思う。現にひと目惚れから結婚して、今は子供も授かり、幸せに暮らす私たちがいるでしょ？」

「たしかに」

じゃあ雪乃さんも今の私のように兄の気持ちを疑い、悩んだってことだよね。

「私も雪乃さんのように、大翔の気持ちが信じられる日が来るんでしょうか？」

「それは大翔君の頑張り次第じゃないかな。私の場合は栄臣が疑う余地もないほど気持ちを伝えてくれたから、もう信じないって選択肢がなかったかも」

サラッと惚気る雪乃さんに苦笑いしてしまう。最初は兄の一方的な想いだっただろうに、今は雪乃さんも負けず劣らず兄への愛がすごい。

「それに桜花ちゃんも信じられないなら、まずは大翔君のことを知ることから始めてみたらどうかな？　そうすれば大翔君が本気か本気じゃないのかわかるでしょ？」

「そうかもしれませんね」

もっと同じ時間をともにして彼のことを知ればわかるのかもしれない。

「だけどまぁ、私としては悩むってことが答えだと思うけど」

悩むことが答え、か。たしかに惹かれていない相手だったら、こんなにも悩むことはないはず。じゃあもう私はすでに大翔のことが好きなのだろうか。

頭の中で自問自答をする私を見て、雪乃さんはクスリと笑った。

「ひとりで悩むよりもふたりで悩んだほうがいいし、栄臣にはこんな話できないでしょ？　だから私でよければいつでも話を聞くからね」

「ありがとうございます、雪乃さん」

学生時代に友人はいたけれど、その頃から店の手伝いをしていてあまり遊んでいなかったし、卒業してからはみんな会社勤めで休みが合わず疎遠になっていった。

だから雪乃さんは義姉であり、友人のような存在でもある。

「あ、そろそろ栄臣とおばあ様が帰ってきちゃう。急いで作ろう」

「本当だ、急ぎましょう」

それからふたりで協力して調理を進めていった。

その日の夜は夕食後、大翔が買ってくれたわらび餅で楽しいひと時を過ごした。

次の日。今日の店番は私と兄で、祖母は休み。兄とともに家を出て、開店の準備を進めていく。

「今日は宮本《みやもと》様が着物の新調にいらっしゃるから、俺が対応する。悪いが十一時から一時間ほどひとりで店を頼む」

「うん、わかった」

今日の仕事の流れを確認し、兄は宮本様に紹介する着物を選び始めた。真剣な姿を見ながら、つい昨日の雪乃さんの話が頭をよぎる。

あの兄が出会ってすぐにプロポーズだなんて、本当に想像ができない。でもきっと兄は雪乃さんをひと目見てなにかを感じたんだよね。だってそうでなければ、会ってすぐに結婚したいなんて思わないもの。

そう思うと、誰かを好きになる瞬間って人それぞれだ。兄のようにひと目惚れから始まる人もいれば、雪乃さんのように少しずつ相手を知っていって好きになる人もいる。私はどうなんだろう。

開店時間が近くなり、私は暖簾を外にかけに出る。おもむろに空を見上げれば、雲ひとつない綺麗な青空が広がっていた。

少ししてかすかに飛行機のエンジン音が聞こえてきて、一機の飛行機がゆっくりと空に向かって上昇していた。

「大翔はもう空の上だよね」

今日、朝の五時に行ってくるとメッセージが届いていたから。

飛行機で空に飛び立つ時ってどんな感じだろう。離陸の際は大きな重力が身体にかかると聞くけど、それを毎回大翔は感じているんだよね。

なにより空から見る地上はどんな感じ？　雲の上は？　雲の上だからいつも晴れているのかな？

次々と疑問が浮かぶことがおかしくて、笑みが零れる。

「今まで飛行機を見ること自体が怖くて、乗るなんて考えられなかったのに」

それだけ私の傷は癒えたということ。もう少ししたら克服して乗ることもできる？

その時、大翔にかけられた言葉が頭をよぎる。

『人生は長いんだ。いつかきっと飛行機に乗れる日が来る』『その時は俺が世界中、どこへでも桜花の行きたいところに連れていってやる。だから諦めるな』

そうだよね、諦めたらだめだ。いつかきっと乗れると信じて少しずつ苦手を克服していこう。まずは空港に行ってみるのもいいかも。

今まで一度も行ったことがなかったし、近くで多くの飛行機が飛び立つ瞬間を見たら、少しは苦手意識も薄まるかも。

少しの時間空を見上げていると、外国人観光客がやってきて私はすぐに英語で対応に当たった。

十一時を過ぎた頃、宮本様が来店されて兄が接客についた。ちょうどお昼時ということもあって、客足が少なくなってひと息つくことができた。

かんざしや髪飾りが売れて品薄になっていることに気づき、商品を補充していく。

するとひとりの女性客が来店した。

「こんにちは」

すぐに声をかけて女性のもとへ駆け寄る。

少し戸惑いながら店内をキョロキョロしている女性の顔は見たことがないし、新規のお客様だ。もしかして呉服店に入るのは初めてなのだろうか。

その場合、声をかけられて困るお客様もいるからあまり声をかけないほうがいい。

「もしなにかございましたらいつでもお声がけください」

「ありがとうございます」

どこかホッとした様子を見て、自分の判断は間違っていなかったと知って胸を撫で下ろした。

商品の補充を続けながら、店内を興味深そうに見て回る女性を盗み見る。

年齢は……私と同じくらいだろうか。背が高くてスタイルもいい綺麗な女性だから、シックな色の着物がすごく似合いそう。

ひとりで来るくらい、着物に興味を持っているってことだよね。あまり若い女性がひとりで店に来てくれることは少ないから嬉しいな。

声をかけて商品をひとつひとつ紹介したいところだけれど、余計なお世話になっちゃうだろうから必死に我慢する。すると少しして女性が近づいてきた。

「すみません、ちょっといいですか？」

「はい、もちろんです」

待ってましたとばかりに笑顔で答えると、女性は恥ずかしそうに話し出した。

「実は、好きな人がいて……。その彼が最近、着物に興味を持っているようなんです。好きな人との接点というか、彼の好きなものを共有したいっていう不純な理由で申し訳ないのですが、私に似合う着物はあるでしょうか？」

なんて可愛い理由で来てくれたのだろうか。そんなことを言われたら全力で応援したくなる。

「もちろんです。ご案内いたします」

私は次々と彼女に似合う着物を提案していった。

「よかったら合わせてみませんか？」

「いいんですか？」

「もちろんです」

服の上からでも羽織ることで、実際に着た時のイメージはできると思う。女性に大きな鏡の前に立ってもらい、長くて綺麗な髪をうしろでひとつにまとめさせてもらう。

「失礼します」

イメージがつきやすいように、着物を羽織る前に首に衿を付ける。そして着物を羽織り、整えていく。

「うわぁ、すごくいいですね」

「はい、とてもお似合いです」

彼女におすすめしたのは、薄い紫色をベースに色とりどりの花が散りばめられているシックなデザインのもの。帯は赤でメリハリをつけると、予想通り彼女にとても似合っていた。

「この着物を着ていったら、やっと彼も好きって言ってくれそう。あ、実は彼、照れ屋なのでまだはっきりとは言ってくれないのですが、両想いなんです」

そう言うと彼女は好きな人の話を続けた。

「彼はとにかく素敵な人なんです。真面目で責任感が強くて、ひと目見たら誰もが彼に見惚れるくらいカッコよくて。当然すごくモテるから、早くちゃんとした恋人になりたいんですよね」

こんなに綺麗で愛らしい女性なのだから、相手も他の男性に取られないかと心配にならないのだろうか。同性ながら彼女の仕草や笑顔が可愛くて、話していてとても素敵な女性だと思うのに。

「なぜお相手の方は、お客様に好きと言ってくれないのでしょうか」

「実は彼、無理やりお見合いをさせられて家族の手前、断れないでいるんです」

「そう、なんですね」

お見合いというワードに妙にドキッとしてしまう。

もしかしたら彼女の好きな人と大翔は、同じ境遇の中にいるのかもしれない。大翔も無理やりお見合いをさせられ、家族の手前断れないでいるのかも。

「私という想い合っている相手がいるんです。お相手は身を引くべきだと思いませんか?」

「えっ……あ、そうですね。身を引くべきだと思います」

彼女の迫力に気圧されて、私に言われたわけではないのに、なぜか心が落ち着かなくなる。

私の話を聞いた女性は「やっぱりそう思いますよね!」と笑顔で言った。

「こうやって着物を着たら、不思議とうまくいくような気がしてきました。こちらの一式、いただきます」

「そう言っていただけて光栄です。ありがとうございます」

正直、購入に至らなくても着物を好きになってもらえたらいいと思っていた。

「着物に関しても詳しく説明いただけたので、今度彼にも教えてあげたいと思います。本当にありがとうございます」

「いいえ、そんな……」

きっかけがどうであれ、好きな人とともに彼女も着物のことをもっと好きになってくれたらいいな。

彼女は「今度は彼と一緒に買い物に来ますね」と言って笑顔で帰っていった。

「なかなかいい接客だったじゃないか」

突然兄に声をかけられ、肩が跳ねた。

「びっくりした。あれ？　宮本様は？」

さっきまで奥で接客中だったはず。

「もうとっくにお帰りになられたよ。きっかけはどうであれ、今後、あのお客様が着物を好きになってくれるといいな」

「……うん」

好きな人が興味を持っていることを共有したい、か。

彼女が頬を赤めて言っていた言葉が頭をよぎる。

私がさっき、空港に行ってみようと思えたのも、大翔がパイロットという仕事に誇りを持って働いているからかな？　だから克服しようと前向きな気持ちになれたのだろうか。

「さてと、ちょうど客足が途切れたし、交代で昼飯を食うか」

「そうだね」

午後になると観光客を中心に店内は賑わい、閉店時間まで客足が途切れることはなかった。

疲労困憊で帰宅後、みんなで夕食を済ませてお風呂に入ってひと息ついた。

自分の部屋でスマホを片手にネットニュースなどを見ていると、大翔からメッセージが届いた。

まずは写真が二枚送られてきて、綺麗な青空とロンドンの街並みの写真。返信をしたら、すぐに既読が付いた。

「えっと……いつか一緒にこの空も綺麗な街並みも見よう」

届いたメッセージ文を読んで、顔が熱くなっていく。

「だから本当にこうやってサラッと照れることを言うのはやめてほしいって何度も言っているのに……」

今日、飛行機への恐怖心を克服したいと思ったからだろうか。彼の言葉が嬉しくてたまらなくなる。

するとまた写真が送られてきた。どうやら彼が今食べている朝食のようだ。

「美味しそう」

いつか大翔と異国の街並みを散策して、こんな美味しそうなご飯を食べられる日が来たらいいな。

自然とそんな想像をして照れ臭くなる。ひとりで赤面しては足をばたつかせて恥ずかしさを発散していると、大翔から【もう寝た？】とメッセージ文が届く。

なんとなく今日の出来事を大翔に伝えたくなって打ち込んでいく。少しして返事が届き、メッセージ文を目で追った。

【それは嬉しかっただろう。今日のような客がひとりでも多く増えるといいな。だが、ひとつだけ言わせてくれ。俺だって桜花が好きな着物の話を一緒にしたくて、勉強をしているんだ。だから戻ったら勉強の成果を発揮させてくれ】

「嘘、本当に？」

言葉に出たままを送ると、【本当だ。そうだ、今度の休みはふたりで着物デートをしないか？】と来て胸がきゅんとなる。

今まで友達に着物で一緒に遊びに行かないかと誘っても、動きづらいし注目を集めそうで嫌だって理由で何度も断られてきた。それなのに大翔は着物のことを学んでくれて、一緒に着ようと言ってくれるなんて……。

【約束だからね？】と送れば、【俺に似合う着物を選んでおいてくれ】と返ってきた。

「楽しみだな」

おやすみと送ったスマホを両手で握りしめ、彼と着物デートする日を想像すると頬が緩む。大翔にはどんな着物が似合うだろう。考えるだけで楽しくてたまらない。

その一方で、彼が私の仕事に興味を持って勉強してくれたように、私も同じことをしたいという思いが芽生える。

本気で飛行機への苦手意識を克服しよう。いつか大翔が操縦する飛行機に乗って世界中を旅してみたい。

そんな夢を抱きながら眠りに就いた。


大翔から明日、帰国すると連絡があったのはフライトに出てから三日後の夜だった。

「明日？　ちょうどいいじゃない」

たまたま明日は休みで、一日予定がない。この機会に空港へ行って、少しでも大翔がどんな仕事をしているのかを知りたい。それにもしかしたら仕事を終えた大翔に会えるかも。

あれほど行こうと思えなかった空港に行くのが楽しみでたまらなくなってしまった。

次の日の昼過ぎ。私は空港へと向かった。昨夜は楽しみだったけれど、いざ向かうとなると緊張する。

電車の中で深呼吸をして窓から見える景色に目を向けた。空港が近づいてきたからか、窓から飛行機が見えた。

私が今朝、空港に行ってくると家族に伝えたところ、みんな驚いていた。でもすぐに兄には心配され、祖母にも「無理に克服をしなくてもいいんだよ」と言われる始末。しかし雪乃さんだけは違った。心配する兄と祖母を宥めて「気をつけていってきてね」と笑顔で送り出してくれた。

大翔とだけじゃなく、近い将来生まれてくる兄と雪乃さんの子供も一緒に家族みんなで旅行にも行ってみたい。そのための一歩だ。

大翔は十六時十分着の便で帰ってくると言っていた。空港には様々なお店があるっていうから、見て回りながら時間を潰して過ごそうと思っている。もしかしたら働く大翔を見ることができるかもしれないから。

よくドラマで搭乗を終えたパイロットがロビーを移動する場面がある。運がよければ、その場面を見ることができるかも。

そう思ったら飛行機への恐怖心よりも、大翔の働く姿が見られるという期待感が勝っていた。

しかしモノレールに乗っていると次の到着駅が空港のターミナルとアナウンスが聞こえ、一気に緊張が襲ってくる。

「大丈夫、見るのはもう平気になったじゃない」

そう自分に言い聞かせながら到着を待つ。駅にモノレールが停車し、次々と乗客が降りていく様子を眺めてから、最後に席を立って降りた。ホームに降り立ち、まずはターミナルを目指していく。

大翔は国際線の便で帰ってくるから、ターミナルを間違えないようにしないと。

エスカレーターに乗って頂上に着くと、空港ロビーは多くの人で溢れていた。

あまりの人の多さに圧倒されながらも、邪魔にならないように前へ進む。徐々に開けてきて、搭乗カウンターが見えてきた。

ここからでは飛行機は見えそうにない。たしか展望デッキがあったよね？　そこなら自由に出入りできるから見えるはず。

案内図を頼りに展望デッキへと向かった。

ドアを開けると冷たい風が一気に全身を襲う。一日の中で一番気温が高い時間帯とはいえ、真冬の寒さに身が縮こまってしまう。

寒さに耐えきれず、展望デッキにいた数人は去っていった。誰もいなくなり、私はゆっくりと歩を進める。

フェンスの先には多くの飛行機が離着陸をしていて、目を見張る。外だから離陸時の大きなエンジン音も聞こえて息を呑んだ。

次にすぐ近くを大きな飛行機がゆっくりと走っていき、一度停止した。そして大きなエンジン音を轟かせて一気に加速していく。

スピードを上げながらゆっくりと地上から機体が離れた瞬間、なぜか感動して目頭が熱くなった。

そのまま飛行機は広い大空へと飛び立っていき、すぐに小さくなって見えなくなる。その頃には私の頬には涙が伝っていた。

「え？　嘘、どうして？」

まさか飛行機が飛び立つ瞬間を見て感動して泣くとは夢にも思わなかった。なにより実際にこんな近くで見ても恐怖心がない。

むしろ大きな飛行機のフォルムがカッコよく見えてきた。その現実が次第におかしく思えて笑ってしまう。

「あんなに怖がっていたのが嘘みたい」

昔は飛行機を見ることさえできなかったのに。……私、ちゃんと前に進めている。

飛行機の着陸の瞬間も迫力があって、寒さも忘れて視線が釘付けになる。

「今度はあの飛行機に乗ってみたいな」

今すぐには無理だと思うから、今後もこうして空港に足を運び、飛行機に乗りたいって気持ちを膨らませていったら本当に乗れる気がする。大翔が操縦する飛行機に乗れる日も近いかも。

期待と夢は膨らみ続け、一時間ほど展望デッキで飛行機を眺め続けた。


「うわぁ、すごい」

さすがに一時間も経つと身体の冷えが限界に達し、私は空港ロビーに戻ってきた。ロビーには多くの店が並んでいて、どこも多くの人でいっぱいだった。

「あ、雪乃さんが食べたいって言っていたプリンだ」

都内に本店を構える洋菓子店も出店していて、なんと空港限定味のプリンが売られていた。さっそく長蛇の列に並んで無事にプリンを買うことができた。

他にも様々なものが売られていて、目移りしてしまう。そうこうしている間に時間は過ぎていき、気づけば十六時を回っていた。

嘘、もうこんな時間？　大変だ、大翔が搭乗している便が着いてしまう。

急いで到着ロビーへと向かって辿り着くと、多くの乗客が降りてきた。必死に大翔の姿を探すが、見当たらない。

あれ？　でもたしかパイロットは最後に降りてくるんだったよね？

どこかで読んだ小説の内容を思い出し、大翔が出てくるのを待つ。

しかし、いつまで経っても姿が見えない。もしかしてパイロットとCAはここを通らない？　だったら待っていても無意味だ。

運よく会えればいい程度だったのに、実際に空港に来たら無条件に大翔に会える気がしていたからがっかりしてしまう。

家族へのお土産をたくさん買いすぎて、荷物を持つ手もそろそろ痛くなってきた。あまり遅くなると混雑時間に巻き込まれるし、帰ったほうがいいのかもしれない。

そう思い、帰ろうとした時、数人のCAがロビーにやってきた。スーツケースを引きながら颯爽と歩く姿は同性から見てもカッコいい。

みんなスラッとした体型で、背筋もピンと伸びていて歩く姿勢さえも美しかった。

大翔は毎日あんな美人たちと一緒に仕事をしているんだよね？　本当に彼なら引く手あまただろうに、なぜ私なのだろう。

他人と比べたってどうしようもないとわかっているけれど、どうしても自分の姿と綺麗なCAたちを比べて悲しくなる。

気持ちが沈む中、小さな歓声が上がった。その声のほうへ視線を向けると、ふたりのパイロットが出てきた。

「キャー、カッコいい」

「私、知ってる！　前、飛行機に乗った時に機内のパンフレットに載ってたイケメンパイロットだよ」

近くの女性たちから聞こえてきた話に、もしかして……という思いがよぎる。

できた始めた人だかりへ向かい、みんなの視線の先を辿っていく。すると少し先から大翔と四十代くらいの男性パイロットが並んでこちらにやってきた。

大翔だ……！　すごい、会えた。

会えたというより見えたのほうが正しいが、パイロットの制服を着て働く姿を初めて見ることができて嬉しさが込み上がっていく。

声をかけたいところだけれど、迷惑だよね。それに気づかれても困るかも。だってこっそり空港に大翔に会いにきたなんて知られたら、からかわれてしまいそう。

バレないように人の影に隠れて、彼が通り過ぎていく姿を目で追っていると、うしろから「上杉さん！」と大翔を呼ぶ声が響いた。

すぐに大翔は足を止めて振り返る。少しして彼らのもとへ駆け寄ってきたのはひとりのCAだった。

笑顔で大翔の隣に並んだ女性はとても綺麗な人だった。あれ？　あの人ってたしか……。

目を凝らしてみると、やっぱり数日前に店に来た女性だ。じゃあもしかして彼女が言っていた好きな人って大翔のこと？

彼女の片思いの相手が着物に興味を持っていたから、買いに来てくれた。そして大翔も最近着物について勉強を始めたって言っていたよね。

間違いない、彼女の好きな人は大翔なんだ。彼女の話が正しければ、大翔も彼女が好きなのに告白できないのは、私とお見合いしたから？

「あのふたり、付き合っているのかな？」

「パイロットとCAでしかも美男美女だなんて、すっごくお似合いじゃない？」

「いいなぁ、憧れる」

前にいた女性三人組の話にズキッと胸が痛む。

私から見ても並んで歩くふたりはとてもお似合いだった。私なんかよりもずっと。

「やだ、なにこれ」

今までに感じたことがない胸の痛みと、苦しさに襲われる。

あまりの苦しさにふらつきながら近くのベンチに移動して腰を下ろした。その頃には大翔たちの姿はなく、人だかりも消えていた。

それなのに脳裏には、さっきのお似合いのふたりが鮮明に焼き付いて消えてくれない。

この感情はいくら恋愛経験がない私でもわかる。大翔のことが好きだからだ。好きな人が、私以外の人といる姿を見ていられないほどつらくて悲しいんだ。

あんなに大翔の気持ちを信じることができず、自分が抱く感情に答えを出すことができずにいたのが嘘のよう。

大翔には好きな人がいると知っても、もう遅い。私はもう彼に恋してしまった。それも、どうしようもないほどに……。

溢れて止まらない想い

「うわぁ、さすが空港限定味のプリン！　すっごく美味しい」

「桜花が俺のために買ってきてくれたシュークリームも最高だ」

「羊羹《ようかん》も美味しいよ、桜花」

三人からそれぞれ絶賛の声をかけられるも、私の頭の中は大翔のことでいっぱいだった。

「桜花？」

心配そうに私の名前を呼ぶ兄の声に我に返る。

「あ、ごめん。どう？　美味しい？」

感想を求めたが、三人は顔を見合わせた。

「どうしたの？」

不思議に思って声をかけたところ、ついさっきそれぞれお土産の感想を言ってくれたと聞き、すぐに「ごめん」と謝った。

「なぁ、桜花。空港でなにかあったのか？　やっぱりまだトラウマから抜け出せなかった？」

「もしそうならごめんね。私も栄臣とおばあ様と一緒に止めるべきだった」

兄と雪乃さんが申し訳なさそうに言う姿に、首を横に振る。

「ううん、違うの。私、飛行機を見ても怖くなかったし、むしろカッコいいって思ったくらいで。だから空港観光も満喫してこんなにお土産も買ってくることができたの」

私の話を聞き、三人は困惑の表情を浮かべる。

「じゃあどうして帰ってきてからずっと上の空なんだ？」

「そうよ、桜花。家族の前でくらい無理しなくていい。今日はだめだったとしても、いつか空港に行くのも平気になる日が来るわ」

三人とも空港でなにかあったと確信しているようだ。そして私が意気揚々と出かけた手前、嘘をついて無理していると勘違いしている模様。

「本当に平気だったんだよ。ただ、その……落ち込むことがあって上の空だっただけ」

さすがに大翔への恋心に気づいたものの、他の女性と一緒にいるところを見て落ち込んでいたとは言えないが、そのせいで上の空だったことは本当だ。

あまりに三人とも勘違いしているから説明したところ、またさらなる誤解を招いたようで、兄がニヤニヤし出した。

「なんだ、桜花。大翔と喧嘩でもしたのか」

「あら、そうだったの。それは落ち込むわね」

「桜花ちゃん、どんなことで大翔君と喧嘩したのかわからないけど、仲直りするタイミングに気をつけてね」

キョトンとする私を置き去りにして、三人は私が大翔と喧嘩したから落ち込んでいたということで話がまとまってしまった。

しかしここで否定でもしたらさらに詮索されて面倒なだけ。だったら勘違いされたままのほうがいいのかもしれない。

「そうなの、実は大翔と喧嘩しちゃって……。先にお風呂入って今日はもう休むね」

席を立ちながら言うと、「そうしなさい」「きっと大翔も後悔していると思うぞ」と口々に言われて苦笑いしてしまう。

お風呂に入り、ベッドに入るまでの間もずっと大翔のことが頭から離れなかった。

「あ、メッセージが届いてる」

ちょうど一時間前に送られていたメッセージには、【ただいま】のひと言のみ。

昨日の私だったらすぐに【おかえり】って返信していたけれど、今は指が動かない。

まだ心の整理ができていないのに、大翔とやり取りをする自信がなかった。

「あんなに綺麗な人に好かれたら、誰だって好きになるよね」

それに買いに来てくれた時に彼女と少し話したけれど、愛らしさもあって礼儀正しいし、いい人そうだった。そんな人を好きにならないわけがない。

固く目を閉じると、空港で見たふたりが並んで歩く姿が嫌でも脳裏をよぎり、醜い感情に覆われていく。

遠目に見てもお似合いで、なにを話していたのか聞き取れなかったけれど楽しそうでもあった。サウスパークで言っていた彼の大切な人って、彼女のことなのかもしれない。私とのお見合いはやっぱり上杉のおじさまになにか言われて渋々だったんだよ。

疑惑は次第に確信へと変わっていく。

何度もメッセージ画面を開きながらなかなか返信することができず、日付が変わった頃に【おかえり】とだけ送ってそのまま眠りに就いた。

次の日、目が覚めてすぐにスマホを確認すると大翔からメッセージが届いていた。

そこには【おやすみ。また連絡する】とだけ綴られていた。

「きっと大翔は今日、休みだよね」

誘われたとしても仕事を理由に断ることができるから、休みじゃないのが幸いだ。

ゆっくりと起き上がって部屋を出る。今日着る着物を選びながらも、やっぱり大翔のことを考えてしまう。

誰かを好きになったら、幸せなことばかりだと思っていた。それこそ学生時代、友達はみんな片思いが楽しいって言っていたし。

でも実際は違う。好きだと気づいた途端、幸せな気持ちになるどころか悲しくてつらくて、苦しい。

好きなら相手にも好きになってもらえるよう努力をするべきなのに、臆病になって会うことすらできなくなるなんて……。

好きだから大翔の本当の気持ちが怖くて聞けない。事実を突きつけられるのがつらくて大翔に会えなくなるよ。

「みんな、同じ気持ちになるのかな」

私のように悩んで自分が嫌になって、どうしたらいいのかわからなくなる？

答えは出ないまま着物を選んで朝食を済ませ、自分で着つけてお店へと向かった。

この日も平日だが、オープンと同時にお客様が絶えなかった。

「すみません、この小物入れ、もっと違うデザインもありますか？」

「確認してまいりますのでお待ちください」

少しでも着物を身近に感じてもらえたらと思って、着物を使用した小物入れを制作した。それが普段使いできてオシャレだと話題になっているようで、飛ぶように売れている。在庫もそろそろ尽きてしまいそうだし、早めに発注をしないといけないかもしれない。

頭の中で考えながら裏から段ボールを手に店内に戻り、商品を並べていく。

「この柄、可愛くない？」

「私、がま口財布買おうかな」

「私はポーチにしよう」

並べたら次々と人が集まり出してきて、商品を手に取って見てくれた。

「どうやら、今話題のＳＮＳで店の小物関係が広まっているようだぞ」

「え、そうなの？」

すると兄はスマホを持ってきて、ＳＮＳの画面を見せてくれた。そこにはうちの商品が可愛く写真でアップされていた。

他にも様々な写真が上げられていて、たくさんの数が拡散されている。

「一昨日くらいから外国人観光客を中心に国内でも広まっているようだ。……これはしばらく忙しくなりそうだ」

「……そうだね。とりあえず急いで発注しておく」

「そうしてくれ」

兄とふたりで増えていくお客様を見て苦笑いしてしまう。

「これはいよいよ早急に雇ったほうがいいな」

「うん、回らなくなりそう」

でも、大翔に会いたくない私にとったらこの思いがけない多忙はよかったのかも。

お店が落ち着くまでは会えないって言えば、きっとわかってくれるだろう。今日、仕事が終わったら連絡してみよう。

その後もお客様に呼ばれて接客に当たり、落ち着いたのは十四時を回った頃だった。

「よし、桜花。この隙に昼飯食うぞ」

「そうだね。お兄ちゃん、たしか十六時から業者と打ち合わせだって言っていなかった?」

私に言われると、兄はおもしろいくらいにハッとなった。

「そうだった！　それで今日は十六時半に店を閉めるって貼り紙していたんだもんな。あまりの忙しさにすっかり忘れていたよ。悪い、俺が先に休憩に入ってもいいか？」

「もちろんだよ」

何度も兄は「ごめんな」と両手を合わせながら申し訳なさそうに店の裏に向かっていった。

「さて、と。今のうちに残りの在庫を並べておかないと」

店内にお客様がいない間に急いで在庫を取りに行き、再び商品を並べていく。するとお客様が来店された。

「いらっしゃいませ」

作業する手を止めて頭を下げて顔を上げると、そこには例の彼女が立っていた。固まる私と目が合った彼女は、嬉しそうに駆け寄ってきた。

「よかった、今日もお姉さんがいて！」

「あ……こんにちは」

困惑しながらも挨拶したが、自分の顔が引きつっているのがわかる。どうしよう、うまく笑えないよ。

しかし、彼女は気づいていないのか私の目の前で足を止めると、笑顔で話し始めた。

「お姉さんのおかげで好きな人とたくさん話せたし、今度ゆっくりふたりで食事でもしながら着物のことを教えてくれるって言ってくれたんです」

「えっ？」

大翔、彼女と食事をする約束をしたの？　それもふたりで？

驚きを隠せない中、彼女は続ける。

「そういえば私、自己紹介がまだでしたよね。すみません、大場天音《おおばあまね》と申します」

名前を告げられた手前、自分も自己紹介したほうがいいと思い、「私は……」と言いかけた時、彼女、大場さんが声を被せた。

「松雪桜花さんですよね？」

「え？　どうして私の名前を……？」

名乗ってもいないのに名前を知られていることに困惑する。すると大場さんはにっこり微笑んだ。

「大翔さんが教えてくれました」

「大翔さん、ですか？」

それってもしかして大翔のこと？　名前で呼ぶほど親しい関係なの？

「はい。あなたとお見合いをしたことを教えてくれました。彼の家族があなたを好いているあまり、断れなくて困っているとも」

やっぱりそうだったんだ……。上杉のおじさまは私と大翔の結婚を望んでいるし、私の家族だってそうだ。それに大翔は家族思いの一面もある。悲しませたくないから断れないのかもしれない。

「この前、身を引いてくれるって言ってくれましたよね？」

「え？　あっ……」

そうだ、たしかに私は彼女に意見を求められて、身を引くべきだと思うと答えた。でもそれは当事者としてではなく、第三者としての意見を求められていると思っていたからだ。

「だったら一刻も早く大翔さんを解放してあげてください。……実際、私のほうが彼のことを理解しているし、並んで歩いたらお似合いでしょう？　それに公私ともに大翔さんを支えられると思いませんか？」

自信たっぷりに言う彼女に対して、私はなにも言い返すことができなかった。

悔しいけれど、大場さんの言う通りだ。並んだら彼女のほうが大翔に見合っているし、同じ職種な分、彼の仕事を理解することができる。

「大翔さんも家族に言われて仕方がなくお見合いを受けて、渋々あなたに会っているんだと思いますよ。……本当、大翔さんが可哀そう」

ため息交じりに言われた言葉に、ズキッと胸が痛む。

「あなたたち家族がどんな関係なのか私にはわかりませんが、これ以上大翔さんの優しさに付け込まないで。はっきり言ってあなたの存在がすごく迷惑なの！」

迷惑……。強い口調で言われた言葉が胸の奥深くに突き刺さる。

「当人の気持ちを無視して結婚をすすめるなんて最低ですからね。なによりやっとデートで告白されそうなんです。いい感じなんですから、くれぐれも邪魔しないでください」

最後は鋭い目を向けて、厳しい口調で私に釘をさすように言い、大場さんは颯爽と去っていった。

なにも言えなかったし、言葉ひとつ返すことさえできなかった。

「大翔の気持ちがわからないよ」

でも大場さんは嘘を言っているようには見えなかった。

グルグルと考え込んでしまっていると、お客様が来店されて我に返る。

「いらっしゃいませ」

今は仕事中なんだから考えないようにしないと。

そう自分に言い聞かせるが、大場さんの言葉がなかなか頭から離れてくれず、心が落ち着かなかった。

十六時半過ぎ、最後のお客様を送り出して暖簾を下げた。

「今日は疲れたな、お疲れ様」

「うん、お疲れ様」

暖簾を片づけながら自然と深いため息が漏れる。すると兄が急にニヤニヤしながら近づいてきた。

「ため息の原因はやっぱり大翔との喧嘩のせいか？」

「えっ？」

目を瞬かせる私を見て、兄はますます顔を緩ませた。

「そうだよな、最初は喧嘩したらどうやって仲直りすればいいのかわからないよな」

急に大きな声で言ったかと思えば、得意げな顔になって私の肩をポンと叩いた。

「可愛い妹のために兄は一肌脱いでやったぞ。感謝しろよ」

「どういうこと？」

私を置き去りにして話を進める兄は再び肩を叩く。

「セッティングしてやったから、あとはお互い言いたいことを言い合って仲直りしたらいい」

ちょっと待って、それってまさか……！

嫌な予感がした時、暖簾を下げたはずなのに入口のドアが開いた。すると兄は私の肩から離した手を高く挙げた。

「待ってたぞ、大翔。時間がない、さっそくやるぞ」

「大翔……？」

私服の大翔が店内に入ってきたと思ったら、兄は手招きをして彼を呼ぶ。

「あぁ、頼む」

話が見えない私に大翔はいたずらが成功した少年のように笑みを零した。

「びっくりしたか？　でも着物デートをしようって約束していただろ？」

たしかにその約束はしていたけれど、まさか兄は今から大翔の着付けをして、私たちにデートに行けっていうつもり？　そんなの困る。

「大翔、こっちだ」

奥の着付け室へ案内しようとする兄を急いで止めに入った。

「待って、お兄ちゃん！　私、これから発注したりして忙しいから出かけられないよ」

そもそも大場さんとの一件があってすぐに、大翔とふたりで出かけるなんて無理だ。

なにを話したらいいのかわからない。

だから必死に説明したものの、兄はあっけらかんと言った。

「そんなの俺が打ち合わせの後にやっておくよ。だから桜花は気にせず大翔とのデートを楽しんでこい」

兄はよかれと思って言ってくれたのだろうけれど、私にとっては全然よくない。どうにか兄を説得できないかと必死に断る理由を考える。

「でも、ほら！　早く帰って雪乃さんのお手伝いをしたほうがいいでしょ？」

「ばあちゃんがいるから平気だ。それに俺も終わり次第急いで帰るから桜花は気にしなくていい」

「だけど……っ」

どうしよう、断る理由がこれ以上浮かばない。

「桜花は俺と出かけたくないのか？」

なにかを感じ取ったのか、大翔が私の様子を窺いながら聞いてきた。咄嗟に彼を見ると、悲しげに瞳を揺らすものだから胸がざわつく。

悲しんでいるのも演技？　だって大翔には大場さんがいるんでしょ？

どう答えたらいいのかわからずにいると、背後から兄が私の両肩に手を置いて話し出した。

「出かけたくないわけじゃないよな。お前ら、あれだろ？　喧嘩したんだろ？」

「え？　喧嘩？　俺と桜花が？」

寝耳に水な話に大翔は困惑している様子。その姿を見て兄も戸惑い始めた。

「え？　お前たち喧嘩しているわけじゃないのか？　じゃあ桜花、やっぱり昨日空港でなにかあったのか？」

兄が探るような目を向けて言ったひと言に、大翔は大きく反応した。

「空港って、桜花が空港に行ったのか⁉」

びっくりしたようで、大翔は私と兄を交互に見る。

「あぁ、そうなんだよ。昨日、恐怖心を克服するためにひとりで空港に行くって言って出かけたんだけど、帰ってきてから元気がなくてさ。最初は空港まで行けなかったのかと思ったけど、やっぱり無理だったのか？」

「いや、そもそも桜花をひとりで空港に行かせるなよ。もし桜花になにかあったらどうするんだ！」

いつになく厳しい口調で言う大翔に、兄はたじろいだ。

「いや、俺も雪乃もばあちゃんも、みんな一緒に行くって言ったんだぞ？　でも桜花が大丈夫だって言うから、俺たちは桜花を信じて送り出したまでで……」

「そうだとしても、なにがあるかわからないだろ⁉」

やめて、まるで私を心配しているかのように言わないで。

いつもだったら嬉しくて胸がいっぱいになる大翔の言葉も、今はつらくてたまらない。どうしても大場さんの姿が頭をちらつく。

「桜花、大丈夫だったのか?」

兄から私へと視線を移し、心配そうに言ってくるから胸が苦しくてたまらない。

「トラウマを克服するために協力できることはなんでもするから、遠慮せず言ってくれって言ったよな。今度また空港に行きたいと思ったなら俺を頼ってくれ。……心配なんだ」

切なげに放たれたひと言に想いが溢れ、自分の感情がコントロールできなくなる。

本当に大翔は私の心配をしてくれているの? 本当は大場さんのことが好きなのに、上杉のおじさまの手前、私との結婚を望んでいるかのように振る舞っているだけで、時期がきたら私との縁談をなかったことにしたいんじゃない?

考えれば考えるほどマイナスなことばかりが浮かんでいく。

「俺は桜花の力になりたい。それにひとりよりふたりのほうがトラウマも乗り越えられると思わないか?」

優しい眼差しを向けて言われた言葉に、私の醜い感情がとめどなく溢れ出そうになる。

だめだ、このままじゃ私、大翔にひどいことを言っちゃう。

それが嫌で私は店から飛び出した。

「桜花⁉」

背後から大翔と兄が私を呼ぶ声が聞こえたが、足を止めることなく突き進む。しかし着物では思うように走ることができず、すぐに追いかけてきた大翔に腕を掴まれた。

「どうしたんだよ、桜花。いったいなにがあったんだ？」

この期に及んでも私を心配する大翔に涙が止まらない。顔を上げたら、私の泣き顔を見て大翔は悲しげに瞳を揺らすものだから胸が張り裂けそうになる。

「他に好きな人がいるくせに、優しくしないで」

「えっ？」

震える声で絞り出した言葉とともに涙が溢れ出し、大翔は目を丸くさせた。

「桜花、どういう意味だ？」

理由を聞こうと顔を覗き込んでくると、彼は私の答えを待っている。

「やっぱり大翔は私と結婚したかったわけじゃなかったんだね。お願いだからもう優しくしないで！　大翔に優しくされるとつらいのっ……！」

困惑しながらも大翔は腕を伸ばして私の涙を拭おうとしたものだから、咄嗟に彼の腕を払いのけた。

もう大翔と話をするのもつらくて走り出す。

「桜花！」

すぐに大翔が後を追ってきた気配を感じ、「ついてこないで！」と叫ぶ。

すると背後から彼の足音が止まり、私は涙を拭いながら自宅へと急いだ。

こうなりそうで怖かったから会いたくなかったんだ。会ったら大翔を責めて、自分のことがすごく嫌になりそうだったから。

もう頭の中がぐちゃぐちゃでつらい。好きなのに、大翔のことを考えると苦しくなる。

胸が圧し潰されそうな痛みを感じながら私は自宅に着くなり、心配する雪乃さんと祖母に答えることなく部屋に閉じこもり、声を押し殺して泣き続けた。

すべてが愛おしい　大翔ＳＩＤＥ

「ついてこないで！」

強い口調で言われ、俺の足は自然と止まる。小さくなっていく彼女のうしろ姿を見送るしかできなかった。

やっとの思いで松雪屋に戻れたのは数分経ってから。ドアを開けるや否や、待ち構えていた栄臣が詰め寄ってきた。

しかし、予定があった栄臣は後で事情を説明しろと言って戸締まりを済ませ、慌ただしく去っていった。

俺も栄臣の姿を見送り、車を停めた近くのパーキングを目指して歩を進めていく。

その間、どうしてもさっきの桜花の泣き顔が頭から離れず、胸が痛んだ。

桜花の泣く姿を見たのは、ご両親が亡くなった時以来だ。涙を流すほどつらい思いは絶対にさせたくない、もう二度と桜花を悲しませないよう俺が守っていきたいと思っていたのに、俺が泣かせたんだよな？

それについてこないでと言われるほど嫌われた可能性がある。

桜花は俺と過ごした幼い日々の記憶を失っており、彼女にとってお見合いの日が、俺との初対面だった。

最初から好かれるとは思っていなかったし、そこは俺が努力して好きになってもらえばいいと思っていたが、嫌われてしまったならどうしようもないのでは？

パーキングに到着し、清算を済ませて車に乗り込む。

本当は今すぐに桜花に会いに行きたいところだが、もしかしたら俺との時間を過ごすことによって、トラウマの原因となった記憶が少しずつ蘇っているのかもしれない。だから迷惑だと言ったのかと思うと、彼女に会うことに躊躇してしまう。

栄臣に一度相談して慎重に進めようと心に決め、岐路についた。


二日後。この日は国内線、沖縄《おきなわ》便の往復勤務となっている。

飛行機の出発時刻の一時間から一時間半前には出勤する必要があるため、いつも出発の三時間前には起床している。

身支度を整え、朝食を食べながら機長とのブリーフィングに向けて、タブレットで資料を確認していく。

航空法で出発前に必ず確認しなければならない項目が六つある。六項目の中には天気情報はもちろん、旅客機の整備状況、航空情報なども含まれる。

それらを頭に叩き込んで機長と確認事項の認識の照らし合わせを行なうのだ。

朝食後、最後にもう一度身だしなみを鏡で確認して家を出た。

ベリが丘駅から空港までは一本で行けるため、通勤はいつも電車を利用している。

多くの乗客とともに電車に揺られて出勤した後は、ロッカーで制服に着替える。

いつもの制服に袖を通すと、これから多くの乗客の命を預かって空に向かうのだと身が引き締まる。

ロッカーの鏡を見ながらネクタイを締めていると、今日バディを組む機長の会沢《あいざわ》さんが出勤してきた。

「おはようございます」

「おはよう、上杉。今日も相変わらず男前だな。さすが最年少機長目前の男は違うね」

朝から茶化してきた会沢さんは、四十二歳になるベテランパイロットだ。バディを組むことが多く、一番お世話になっている先輩でもある。

普段からジムに通って身体を鍛えているようで、がっちりとした体型をしている。冗談を言うのが好きな陽気な人だが、なにかと相談にも乗ってくれる優しい人でもあった。

操縦技術も素晴らしく、彼から学ぶことがたくさんあって日々勉強させてもらっている。

「今日は沖縄便か。折り返し便までたしか一時間半あったよな。久しぶりにソーキそばが食いたいな。上杉、一緒に行くぞ」

俺の都合など聞かずに一方的に決められて苦笑いしてしまう。でもこういうところも憎めない。

「わかりました。ではソーキそばを食べに行きましょう」

「おう、約束だぞ！」

ロッカーを閉めて帽子を被り、ふたりで廊下に出る。

「ん？　元気がないな。いつもの桜花が可愛いアピールはどうした？」

「え？　俺、そんなアピールしていました？」

心外ですぐに聞き返せば、廊下を進みながら会沢さんは意気揚々と話し出した。

「していたさ！　桜花のこんな仕草が可愛かったとか、こんな話をしたとか散々俺に言ってきたじゃないか。まぁ、俺も奥さんのことになるとお前と同じになるから上杉の気持ちは痛いほどわかるぞ」

たしかに言われてみれば、見合いをしたとポロッと漏らしたことから、事あるごとに会沢さんに桜花のことを聞かれていて、その都度話していた。

いつも話しているうちに桜花への愛が溢れて、ヒートアップしてしまうんだよな。今後は気をつけよう。

「しかし、みんな悲しんでいたぞ？」

「みんなって誰ですか？」

「そんなの、お前のファンＣＡたちに決まってるだろ？　上杉は我が社のアイドルなんだ。みんなお前の恋人の座を狙っていたというのに、いきなりお見合いしたとなればショックを受けるだろう」

「アイドルだなんて、勘弁してください」

実際にこうやって廊下を歩けば、黄色い悲鳴を上げられたり、用事もないのに声をかけられたり、飲み会に誘われる機会も多い。

誘いは嬉しいところだが、俺としては仕事に集中させてほしいところ。

「そんなこと言って、結婚して人気が落ちたら周りからキャーキャー言われなくなるぞ。そうなったら寂しくなるんじゃないか？」

「それは絶対にあり得ません。むしろ助かりますね」

好意を抱いてもらえるのは嬉しいことだが、俺が好きになってほしい相手はこの世でただひとり、桜花だけだから。

「はいはい、そんなだから上杉は人気があるんだろうな。クールでカッコいいってよく聞くし。羨ましいことだ」

ぼやきながら先に運航管理室、ディスパッチルームに入った会沢さんに続いて俺も入り、さっそくブリーフィングを行なう。

六項目の確認とともにフライトのルートを決定し、飛行計画書を作成して会沢さんがサインしたらディスパッチルームでのブリーフィングは終了となる。

その後は保安検査を受けて、搭乗する旅客機へと向かう。飛行機に乗り込んだらまずは航空整備士と機体の整備状況についての打ち合わせが始まる。ここで燃料の搭載状況も再確認する。

それから客室乗務員とのブリーフィングを行なう。

今日のクルーの中に大場の姿もあった。彼女はなにかをするにも距離が近く、必要以上に話しかけてくる。それに食事や飲みに頻繁に誘われるようになって困っていた。今日もまた何度も誘われる可能性もあると思うと少し気が重くなるが、今は仕事に集中だと頭を切り替える。

ブリーフィングでは機長である会沢さんを中心に本日の飛行ルートなどを説明し、

客室でのサービスに影響が出ないようにする。

他にも乗客が搭乗する前に様々な可能性を考慮して、客室乗務員と話し合って対処法を照らし合わせておく必要があった。

コックピットに移動し、会沢さんとふたり確認作業を進めていく。そして乗客全員の搭乗が終わり、ＣＡによる離陸の確認も終わったと報告を受けた。

ここからは航空交通管制部、通称ＡＴＣとのやり取りが始まる。離陸までのやり取りの中でのフレーズは航空業界において国際的に統一されている。

そのため、世界中のどの空港でもパイロットとＡＴＣは同じ基準でコミュニケーションをとることができ、それが国際的な飛行の安全を確保していた。

「Owner, this is Flight 123 requesting permission to taxi to runway 12」

会沢さんがＡＴＣに滑走路12へのタキシング許可を求めた。

『Flight 123, proceed to runway 12, hold short』

インカムを通してＡＴＣから滑走路に進み、待機するよう指示が届いた。

ゆっくりと滑走路を進み、指示通りに待機していることを伝える。次に着陸する航空機を待ってから、滑走路に整列して待機するよう指示が出た。そして……。

『Flight 123, runway 12, you are cleared for takeoff, wind 320 at 10』

離陸許可とともに、風向き320、風速10ノットとの報告を受けた。離陸許可が下りると、より一層緊張感が増す。

「Cleared for takeoff, runway 12, Flight 123」

会沢さんの離陸許可を受けたとの報告後、機内にも離陸の合図を送って離陸態勢に入る。

「Engines at full thrust, check. V1… Rotate」

エンジン全開にすると、大きなエンジン音が轟く。そして機体は滑走路をスピードを上げて進んでいく。

何度経験してもこの瞬間は空を飛ぶんだという高揚感と、多くの乗客を乗せて空に向かうという思いが交差する。

しかし子供の頃から搭乗するたびに一番の楽しみだった機体が浮く瞬間、それはパイロットになっても変わらない。

「Flight 123, airborne」

無事に離陸したことを伝え、少しだけ緊張の糸が解れた。

『Flight 123, contact departure on 123.45, have a good flight』

最後にATCから123.45の周波数でデパーチャーと連絡を取るようにという説明

と、よい飛行をという言葉がかけられた。

「Switching to departure. Flight 123. Thank you」

それに対して感謝を伝え、ここでATCとのやり取りは終了となる。

「ん、今日も綺麗な青空が広がってる。不思議と上杉とのフライトでは天候に恵まれるんだよな。お前、晴れ男か？」

「どうでしょう。でもパイロットにとって晴れ男だと嬉しいですね」

「そうだな」

飛行機は三万フィートまで上昇し、揺れも少なく乗客にとって快適な飛行になりそうだ。

「どれ、そろそろ機内アナウンスをするか。上杉頼む」

「いいですが、機長である会沢さんがしなくていいんですか？」

「いいんだ、これも勉強だからな。いつもの堅苦しい挨拶じゃなくて、少しはユーモアを持たせてみろ」

「無茶ぶりは勘弁してください」

機内アナウンスとは、パイロットが離陸後にするもの。マイクをオンにしてまずは日本語で挨拶をする。

「こんにちは、那覇《なは》空港行き123便にご搭乗いただき、ありがとうございます。本日、皆様を安全に空の旅へご案内するのは機長の会沢と私、副操縦士の上杉です。目的地への到着時刻は十二時三十五分。約二時間半のフライトとなる見込みです」

その後は、フライト中は電子機器の使用を控え電源を切ってほしいことや、喫煙は禁止されていることを伝えた。

「本日はご搭乗いただき、ありがとうございます。どうぞ空の旅をお楽しみください」

マイクをオフにするや否や、会沢さんが「相変わらず堅苦しいなぁ」とぼやいた。

「アナウンスに堅苦しいもなにもないじゃないですか」

「それはそうだが、お客様にとって機内アナウンスは思い出に残るものだ。そこでクスッと笑ったり感動したりする話を聞かされたら最高じゃないか？」

「では帰りの便ではぜひ会沢さんの、笑えたり感動したりする機内アナウンスを聞かせてください」

すると会沢さんは完全に俺に乗せられ、「仕方がないな、先輩として聞かせてやろう」とやる気。そんなところも憎めなくて好きな上司だ。

この日のフライトも順調に進み、無事に二時間半の飛行を終えることができた。

着陸後は、飛行日誌に記入をしてデブリーフィングという振り返りの仕事が残っている。次便のために経路上の天候や揺れを報告したり、整備担当者に航空機の機体の状態を報告して終了となる。

「まずは一便、お疲れ」

「お疲れ様でした」

飛行機から降りて会沢さんと到着ゲートへと向かう。

「さて、約束通りソーキそばを食いに行くぞ」

意気揚々と話す会沢さんと到着ゲートを抜けると、俺たちを待ち構えていたように大場が駆け寄ってきた。

「お疲れ様です」

俺たちを待ち構えていた大場が駆け寄ってきた。

「お疲れ。どうしたんだ、大場」

会沢さんが聞くと、大場はチラッと意味ありげに俺を見た。

「上杉さんとこの前約束した通り、お食事に行こうかなと思って待っていたんです」

「え、俺と？」

予想外な話に目を瞬かせてしまう。それもそのはず、大場と食事に行く約束をした記憶はないのだから。誘われても毎回しっかりと断っていたはずだ。

困惑する中、会沢さんが人差し指を立てて提案をした。

「じゃあせっかくだし、三人でソーキそばを食いにいこう。大場もそれでいいか?」

会沢さんに話を振られ、大場は少し表情を強張らせながらもすぐに笑顔を取り繕う。

「もちろんです。でも先ほどチーフパーサーが会沢さんに確認したいことがあるって言って探していましたよ」

「チーフパーサーが? なんだろう。じゃあ話を聞いてくるから、先に店に行っててくれ」

そう言って会沢さんはチーフパーサーを探しに行ってしまった。すると大場は一気に俺との距離を縮めてきた。

「やっとふたりっきりになれましたね。ソーキそばなんかじゃなくて、違うものをふたりで食べに行きましょう」

あろうことか、人目があるというのに大場は俺の腕に自分の腕を絡ませてこようとしたものだから、腕を引いて距離をとった。

「断る。そもそも先約は会沢さんだ。そこに大場が無理やり入ってきたんだろう。ソーキそばが嫌ならひとりで行ってくれ」

冷たく突き放して先に歩き出した俺に対し、大場はすぐに追いついてきた。

「やっと邪魔なお見合い相手と縁が切れたっていうのに、まだふたりっきりで一緒に過ごせないんですか？」

「……どういうことだ？」

意味深なことを言われて足を止め、すぐに彼女に問い質す。すると大場は意味ありげに笑った。

「感謝してください。私が大翔のさんのために一肌脱ぎましたから」

大翔さん？　なぜ大場が俺を下の名前で呼ぶ？　それにお見合い相手と縁が切れたってどうこうことだ？

ふと、桜花に言われた言葉が脳裏に浮かぶ。

桜花が急に優しくしないでとか、俺にほかに好きな人がいるみたいに話していたのは、まさか大場が絡んでいる？

「話がしたい。ついてきてくれ」

「はい、もちろん」

俺の知らないところで大場が桜花に接触した可能性がある以上、ちゃんと確認しなければならない。

それにここは多くの旅行客が行き交う空港内だ。同僚たちの目もあるため、迷惑にならない場所に移動しようという思いで誘ったものの、上機嫌で俺の後をついてくる彼女に、戸惑いを隠せない。

大場ってこんな人物だったか？　たしかにここ最近は急にしつこく食事に誘われたり、距離が近いとは思ってはいたが、それまでは仕事以外で言葉を交わしたことはほとんどなかった。

とにかく人の目があるところで話を聞くべきだと思い、三階にある見学者デッキへと向かった。

幸いなことに多くの人が飛行機の離着陸の見学をしていた。楽しい時間の邪魔をしないよう、できるだけ人が少ない場所へ移動する。

「え、お食事に行くんじゃなかったんですか？」

キョトンとなる彼女に対し、俺は冷静に伝えた。

「俺は大場と食事に行くと約束した覚えはない」

はっきりと伝えたら、大場は途端に狼狽《うろた》え出す。

「そんな……っ！　たしかに約束してくれたじゃないですか！　会沢さんもその場で聞いていたはずです。ほら、ロンドンから帰国してすぐに私が大翔さんに今度ゆっくり食事でもしながら着物の話を聞かせてほしいって言ったじゃないですか」

必死に説明する大場の話を聞いて記憶を呼び戻す。

たしかにロンドンから帰国した時、到着ゲート付近で大場に声をかけられ、着物の話題を振られた。

あまりに大場が詳しいものだから二、三言話したことは覚えているが、話が違う。

「それは会沢さんも含めてみんなでという意味で、決して大場とふたりで食事に行こうと約束したわけではない」

「そんな……」

言葉を失うが、すぐに大場は俺の腕を掴んで必死に訴えてきた。

「ううん、そんなわけがない。あれですよね、お見合い相手に私とは会うなって言われたんですよね？」

「お見合い相手って、もしかして桜花のことか？」

腕を払いのけて聞けば、大場は顔を歪ませた。

「どうして無理やりさせられたお見合い相手のことを、呼び捨てにしているんですか？　もしかしてあの人がそう呼ぶように強要してきたんですか？」

「なにを言ってるんだ？」

質問に対しての答えはなく、大場はヒートアップしていく。

「私と大翔さんの仲を邪魔するなんて、本当にひどい人ですね！　今度、私たちがどれほど愛し合っているかあの人に見せつけてやりましょう」

「大場は俺たちの関係についてどう考えているんだ？」

ただの同僚以外のなにものでもない。それなのに大場は至って真面目に言った。

「私たちの関係は、まだお互い気持ちを伝え合えていないですけど、愛し合う恋人同士じゃないですか」

冗談で言っているのではなさそうだ。本気で言っているのが伝わってくるからこそ恐怖すら覚える。

まずは自分自身を落ち着かせ、順を追って説明を求めていった。

「愛し合う？　俺たちがか？」

「なにを当たり前なことを聞いてくるんですか？　だって大翔さん、三ヵ月前に私がホノルルにステイ中、荷物を紛失した時助けてくれたじゃないですか。心配もしてくれて、見つかったらよかったなって言ってくれましたよね？」

たしかにそんなことがあった。もしかしてそれだけで俺と交際していると勘違いするようになったというのか？

にわかには信じられず、事実を伝える。

「それは同僚が困っていたから助けたまでだ。とくに深い意味はない」

「大翔さん、べつに隠すことないじゃないですか」

しかし伝わらず、大場の勘違いは続く。

「好きでもない人を助けたりしませんよね？　私だから助けてくれたんでしょ？　あ、もちろん真面目な大翔さんですから、結婚までは交際していることを内緒にしたいってわかっています。だから私も誰にも言っていませんから。……それなのに、私に相談もせずにお見合いするなんてひどいじゃないですか」

笑顔で言ったと思ったら、急に泣きそうな声で言う。表情をコロコロ変えて大場は俺に訴えてきた。

「最初……会沢さんから大翔さんがお見合いをしたって聞いた時、すごくショックでした。だって私たち、付き合っているんですよ？　いくら不本意だったとはいえ、彼女の私にひと言くらい言ってほしかったです」

俺の気持ちを無視した、あまりに身勝手な思いに怒りすら湧いてくる。しかしここで感情的になったらだめだ。まだ肝心なことを聞いていない。

ここは大場に話を合わせて、桜花のことを聞き出してみることにした。

「だから俺に言わず、桜花に会いに行ったのか？」

すると大場は悔しそうに唇を噛みしめた。

「はい、親の言いなりで可哀想な大翔さんに代わって、私があの人に言ってきました。安心してください、愛し合う私たちのために身を引くと約束してくれましたから」

満面の笑みを向けて言う大場に、眩暈を起こしそうになる。

だけど、これで桜花が俺にあんなことを言った意味が理解できた。大場に言われた話を信じて勘違いしているんだ。

「そうだ、聞いてくださいよ。あの人に近づくために着物のことを聞いたら、うざいくらいに教えてくるんですよ。とんだオタクですね。見た目も冴えないし、本当にあんな人とお見合いさせられた上杉さんが可哀想」

桜花のことを哀れむように言う大場に、怒りが募っていく。

「でも安心してください。大翔さんのことは私が救ってみせます！　家族にどんなに反対されようと、私たちは負けませんよね。あ、会社にはいつ報告しますか？　結婚式はどこで挙げましょう」

身勝手な妄想を広げる大場に我慢が限界に達し、俺は怒りを抑えながら静かに口を開いた。

「俺が生涯愛する女性は桜花ただひとりだ」

「えっ……なにを言って……」

「大場に好意を寄せたことは一度もない。今後もなにがあったとしても、大場を好きになることはあり得ないだろう」

　突き放すように言ったらやっと理解してくれたのか、彼女は困惑し始めた。

「どういうことですか？　だって私たち、付き合っているんですよね？　ううん、まだはっきり好きって言われていないけど、大翔さんも私と同じ気持ちでしょ？　だから食事に誘ってくれて、そこで告白してくれる予定だったんですよね？」

　とんだ妄想話についていけなくなりそうだ。

「ホノルルで助けたのは、同僚だからだ。大場じゃなくても、誰かが困っていたら俺は迷いなく手を差し伸べる。だが、また勘違いされたら困るから、今後はどんなに大場が困っていても助けることはない」

「そんな……」

　さすがにここまで言えばわかってくれたと思ったが違った。彼女は再び俺の両腕を掴んだ。

「ねぇ、あの女に脅されているんですよね？　弱みを握られているんですか？　それなら私が……っ！」

「脅されても弱みを握られてもいない。俺が愛しているのは大場じゃない、桜花だけだ。それにたとえこの世に俺と大場しかいなくなっても、俺が大場を好きになることはない。桜花だけなんだ」

俺の話を聞き、大場は「嘘……」と力なく呟きながら俺の腕を離した。

「好意を向けてくれて嬉しいが、なにがあっても大場の気持ちに応えることはできない。迷惑だ」

もう二度と勘違いされないように釘をさす。

「それと桜花を傷つけたら許さない。もう二度と桜花に会わないでくれ。もし俺の警告を無視して桜花に接触した場合、然るべき対応を取らせてもらう」

脅しと取られてもおかしくない言葉に、大場は言葉を発することなく後退った。

「本当に大翔さんは、私のことを好きじゃないんですか？」

震える声で聞かれた質問に、俺はすぐさま答えた。

「好きじゃない。それと、二度と下の名前で呼ばないでくれ」

それが決定打になったようで、大場の身体はよろめいた。

「チーフパーサーから、大場は仕事が丁寧で将来が楽しみだと聞いている。信頼してくれている上司を裏切るようなことはしないでほしい。……さっきも言ったが、また桜花を傷つけるようなことをしたら、いくら同僚とはいえ容赦しないから」

厳しい口調で言ったところ、大場は顔面蒼白になり、悲鳴にも似た声を上げた。

「……っ！　ご、ごめんなさい！」

か細い声で謝罪をして、大場は去っていった。

無事に解決できたようで、胸を撫で下ろす。しかし、周りから注目を集めていたことに気づき、「お騒がせしました」と謝罪して俺も見学者デッキを後にした。

ドアを開けて廊下を進んだところ、「大変だったな」と声をかけられた。

足を止めて声がしたほうに目を向けると、壁に寄りかかる会沢さんがいた。

「あの後、すぐにチーフパーサーと会うことができて大場の嘘を知ってさ。急いでふたりの後を追いかけてきたんだ。だけど話が話だけに、なにかあったらすぐ間に入ろうと思っていた」

ということは、大場との一連のやり取りを聞かれていたということだよな。

「そうだったんですね、すみませんでした」

「なに、謝ることじゃない。いや、しかしまさか大場は思い込みが激しいタイプだったとは……。それとも恋が大場を狂わせたのか。とにかくこの先、万が一になにかあったら困るから一応、この件は上に俺のほうから報告しておく」

「ありがとうございます、そうしていただけると助かります」

上司に言われたら、さすがの大場も目が覚めるだろう。自分の過ちに気づき、反省してくれたらいいのだが。

「さて、腹も減って死にそうだから、ソーキそば付き合ってくれよ」

「え、今から食べに行くんですか？」

次の便まであまり時間がないというのに。

「当たり前だろ？　那覇空港に来てソーキそばを食わずに帰れるか！　行くぞ！」

会沢さんは俺の肩に腕を回して歩き出した。

「ちょっと恥ずかしいので、やめていただけませんか？」

「なにが恥ずかしいんだよ。仲がいいパイロットコンビだって話題になるぞ」

「そんなことで話題になりたくありませんよ」

腕を外そうにも、がっちりと俺の肩に回されていてそれが叶わない。歩を進めて行けば行くほど注目を集め出す。

しかし会沢さんはそんな視線を気にする素振りもなく、こそっと耳打ちしてきた。

「今日は戻ったら早く桜花ちゃんに会いに行って、そして誤解を解いてこい」

「……そうですね」

桜花に会って大場とのことは誤解だって説明しなければいけない。そして俺は桜花が好きで、どうしようもないほど愛していると伝え、今後も他の女性とふたりっきりで食事に行くなど絶対にあり得ないこともわかってもらおう。

それとできたらなぜ桜花は泣いたのか、その理由を聞かせてほしい。大場に俺と付き合っていると聞いて泣いたのは、嫉妬したからだと自惚れてもいいのだろうか。

早く桜花に会いたい気持ちを膨らませながら、折り返し便の準備に入った。

東京《とうきょう》に戻ってきたのは、十七時半過ぎ。そこからすべての仕事を終えて空港を出る頃には十九時近くになっていた。

この時間なら桜花も仕事が終わって家にいるはず。

念のために栄臣に電話をかけて確認したところ、桜花は帰宅済みで今は雪乃さんとふたりで夕食の準備をしているという。

それと昨日の桜花の様子も聞いた。一昨日の夜は一歩も部屋から出てこなかったそう。心配した雪乃さんが桜花に話を聞いたところ、やっと部屋から出てきて午後には仕事にも行ったとのこと。

雪乃さんが桜花とどんな話をしたのかは、栄臣には「女同士の秘密」だと言って教えてくれなかったらしいが、今日にはすっかりといつもの桜花に戻っていると聞いて安心した。

栄臣に事情を説明して今から会いに行って誤解を解きたいと申したところ、最初は渋られたが桜花が泣く姿はもう見たくないと言って許可してくれた。

桜花には俺が行くことは秘密にしてもらった。一昨日の様子だと逃げられかねない。

到着後、玄関前で乱れた呼吸を整える。そしてインターホンを押すとすぐに栄臣が出てドアを開けてくれた。

「悪いな、栄臣」

「あぁ、本当に。でも悪いと思っているなら早く桜花の誤解を解いてやってくれ。なんか今日の桜花、ずっと張り切りすぎて逆に心配になった」

「わかった」

栄臣に肩を叩かれてエールを送ってもらい、桜花がいるというキッチンへと向かう。

廊下を進んでいくと桜花と雪乃さんの笑い声が聞こえてくる。

桜花は俺を見ても逃げないだろうか。話を聞いてくれるか、心配や不安ばかりが募っていく。

ゆっくりとドアを開けてキッチンを覗くと真っ先に雪乃さんと目が合った。栄臣から事情を聞いていたのか、桜花に声をかける。

「桜花ちゃん、ちゃんと話をしてきて」

「どういう意味ですか？」

小首を傾げる桜花に、雪乃さんは俺を指差す。すると振り返ってこちらを見た彼女の目は丸くなる。

「え？　どうして大翔がここに……？」

呆然となる桜花に一歩、また一歩と近づく。そして目の前で足を止め、俺を見上げた桜花にそっと告げた。

「桜花、お願いだから俺の話を聞いてほしい」と——。

想いが重なる幸せなひととき

『桜花、お願いだから俺の話を聞いてほしい』

大翔に言われ、もちろん了承した。私もちゃんと大翔と話をしたかったから。

しかしここは実家。近くには雪乃さん、廊下には兄と祖母まで私たちの様子を見守っていたものだから、たまらず大翔と家を出て以前にも来たことがあるサウスパークへとやってきた。

二十時近くになる時間帯ということもあり、今日もほとんど人影がなかった。

公園内を歩いて移動中、お互い言葉を発することはない。

本当は話したいことがたくさんある。それなのに、緊張して言葉が出てこない。

一昨日、私は自分の気持ちに気づいて間もないからか、想いが溢れて嫉妬してしまい、一方的に大翔に怒りをぶつけてしまった。

そんな自分が嫌になって散々泣き続けた次の日の朝、心配した雪乃さんが話を聞いてくれたのだ。

そこで私は大翔を好きになったこと、そして嫉妬してしまい、後悔していることなど包み隠さず打ち明けた。

雪乃さんは最後まで私の話を聞いてくれて、こうアドバイスしてくれた。

『桜花ちゃんが抱いた感情は、人を好きになると誰もが感じること。大切なのは後悔した後だよ。このまま大翔君にちゃんと確かめず、好きって伝えずに会えなくなってもいいの？』

その問いかけに私はすぐに無理だと答えた。大翔のことが好きだからこれから先もずっと一緒にいたい。

たとえ、大翔に私に対する気持ちがなかったとしても、この前のことを謝ってちゃんと自分の気持ちを伝えたい。

雪乃さんのおかげで気持ちの整理がつき、まずは仕事に集中しようと思って昨日、今日といつも以上に気合いを入れて仕事に当たった。

そして今夜にでも勇気を出して大翔に連絡をしようと思った矢先に、彼が会いに来てくれたのだ。

だから早く謝らなくちゃいけないのに、話を切り出すタイミングを掴めずにいる。

大翔が足を止めたのは、以前にも来た海が見渡せる場所。

先に座った大翔と少しだけ距離を取って隣に腰を下ろした。小さく深呼吸をして自分を落ち着かせ、謝ろうとした時。

「この前はごめん」

「え？　大翔？」

隣を見ると、彼は私に向かって深々と頭を下げていた。

「桜花を泣かせるようなことをして、本当に悪かった」

「そんなっ……！」

大翔は悪くない、私が勝手に嫉妬して泣いたのだから。そう説明しようにも、大翔は頭を下げたまま続ける。

「まずは誤解を解きたい。俺が好きなのは桜花で、桜花以外の女性と結婚するつもりは毛頭ない」

「嘘……」

「嘘じゃない。……大場のこと、悪かった。でもあれは彼女の妄想で付き合うどころか、食事にさえ一度も行ったことがない」

本当に？　だって大場さん、大翔と付き合っているようなことを言っていた。それに無理やりお見合いさせられて、大翔が困っているって。

大翔に言われてもすぐには信じることができない。そんな私に気づいたのか、大翔は力強い声で続けた。

「嘘じゃない、信じてくれ。……以前、困っていたところを助けたことがあったんだが、それで俺も大場のことが好きだと勘違いされて……。今日、はっきりと大場とは付き合えない、俺が好きなのはこの先もずっとただひとり、桜花だけだと伝えてきた」

するとと大翔はゆっくりと顔を上げて、真っ直ぐに私を見つめた。

「桜花を愛する気持ちは、そう簡単に変わるものではないとわかってほしい」

熱い瞳を向けられ、胸がトクンとなる。

大翔が嘘を言っているようには見えない。じゃあ本当に大場さんと大翔は付き合っていないの？　無理やり私とお見合いさせられたというのも嘘だった？

「大場にも、二度と桜花に接触しないようにきつく言ってきたから、大丈夫だと思う。……本当に嫌な思いをさせて悪かった」

「ううん、そんなっ」

真剣な瞳を向けられたら、もう疑う余地はない。……よかった、大翔と大場さんが付き合っていなくて。本当によかった。

今度は私の番だ。ちゃんと気持ちを伝えないと。緊張して落ち着かない心臓を必死に鎮めた。

「私のほうこそごめんね」

「えっ？」

突然謝った私に、大翔は驚いた表情を見せた。

「ずっと大翔の気持ちが信じられなかったの。いくら上杉のおじさまから私の話を聞いていたとはいえ、会ったことはなかったでしょ？　それなのにお見合いしたその日に求婚なんておかしい、絶対になにか理由があると思ってた」

「そう思われても仕方がないな」

苦笑いしながら力なく言う大翔に、大場さんとは付き合っていなかったとしても、やっぱり私との結婚になにか理由があるのかと不安が募る。

だけど、もうどんな理由があったとしても私が彼を好きになった事実は変わらない。

仕事に真摯に向き合う姿にも、私の夢の話を真面目に聞いて応援してくれたことにも、よくからかってくるけれど、優しくて真面目な人だってことにも、すべてに惹かれてしまったのだから。

これから伝えることを考えただけで緊張するけれど、全部大翔に言いたい。

「だけど仕事に対する姿勢は尊敬できるし、意地悪だけど優しい人だってわかって、私の夢も応援してくれた。それは嘘じゃないとわかったし、本心で言ってくれたと信じたい。……信じてもいいよね？」

「当たり前だろ？　桜花に伝えた言葉に嘘はひとつもない」

　すぐにそう言ってくれた大翔に、目頭が熱くなる。

「大翔と一緒に過ごす時間を重ねるほど、大翔の気持ちが信じられないと思う一方で惹かれている自分もいたの」

　告白染みた言葉に、大翔は目を見開いた。

「え？　どういうことだ？」

　いつになく動揺する大翔に、緊張が解けていく。

「自分の気持ちを自覚したのは、大翔が大場さんと一緒にいるところを見て、付き合っていると聞いてからだった。だからこの前も嫉妬しちゃって、あんなに取り乱しちゃったの。……本当にごめんなさい」

　深々と頭を下げてから顔を上げると、大翔は状況が飲み込めていないようで微動だにしていない。おかげでつい笑ってしまうほど緊張は完全に解けた。

「大翔のことが好き」

　初めて口にした『好き』って言葉に、大翔は震える声で「本当か……？」と聞く。

「うん、本当。大翔のことが好き。たとえ大翔が私のことを好きじゃないとしても……きゃっ」

話の途中で腕を引かれて抱きしめられ、大翔のぬくもりに包まれると息が詰まる。

「どうして俺の気持ちを否定するんだ？　何度も好きだって伝えているだろ？」

さらに強い力で抱きしめられ、心臓が止まりそうで声が出ない。

「もういい加減、俺の気持ちを受け入れてくれ」

ため息交じりに言って大翔はゆっくりと私の身体を離した。そして両肩を掴んで、真剣な眼差しを向ける。

「俺は桜花のことが好きだ。だから、俺の想いは届いたと自惚れてもいいんだよな？」

不安げに眉尻を下げて言う彼を、もう信じられないなんて言えない。信じていいよね、大翔は本当に私のことを好きなのだと。想いが通じ合えたのだと。

「うん、自惚れていいよ。……もう大翔の気持ちを疑わない、信じるよ」

安心させたくて両手で彼の頬に触れると、大翔は私の手をギュッと握った。

「あぁ、信じてくれ」

再び苦しいほど抱きしめられ、大翔は「夢みたいだ」と呟いた。

「桜花が好きになってくれる日を、どれほど待ち望んでいたか……」

感慨深そうに話す大翔に、思わずクスリと笑ってしまう。

「どれほどって、まだ私たち、出会って三ヵ月も経っていないじゃない。大袈裟だよ」

「……そうだな、まだ三ヵ月も経っていないんだよな」

なぜか私の言葉を復唱して、大翔は大きく息を吐いた。

「俺には三ヵ月にも満たない日々が、何年間にも感じたんだ。だからまだ少し信じられずにもいる」

するると大翔は少しだけ私から離れて、至近距離で見つめてきた。視界いっぱいに大翔の整った顔が広がって胸の鼓動が速くなる。

「なぁ、桜花の気持ちが嘘じゃないって証明させてくれよ」

「証明って、どうやって？」

胸が苦しくて声が掠れながらも聞くと、大翔は私の頬を包み込んだ。

「キス、してもいいか？」

「キスって……えっ！」

思わぬお願いに大きな声が出てしまった。

「冗談だよね？」

びっくりしすぎてそんなことを言えば、大翔はムッとなる。

「冗談で言うか。それにずっと桜花にキスしたかったんだ。想いが通じた今、キスしても問題ないだろ？」

大翔はそう言うが、私は問題大ありだ。だってこうやって抱きしめられているだけでもドキドキして仕方がないというのに、キスされたらどうなっちゃうの？　私の心臓は止まりそう。だけど甘い声で懇願されたら簡単に絆される。

「だめか？」

だめ押しと言わんばかりに上目遣いで言われたら、ノーとは言えなくなる。でもはっきりと言葉にして「いいよ」とは言えなくて、小さく首を縦に振った。

私の小さな合図はちゃんと大翔に伝わったようで、彼の指が私の唇をなぞる。

「桜花……」

そして愛おしそうに私の名前を呼びながら、ゆっくりと彼の顔が近づいてきた。心臓は本当に壊れてしまいそうなほど激しく動いていて、ドキドキも止まらない。

胸は苦しくてパニックなのに、それ以上に大翔とキスをしたいという思いが強くなっている。覚悟を決めてギュッと瞼を閉じると、大翔はクスリと笑った。

「どうしてこうも可愛いかな。……本当に困る」

「えっ？　んっ」

ボソッと呟かれた言葉に目を開けた瞬間、視界いっぱいに大翔の綺麗な顔が広がった。それと同時に唇に感じた温かな感触に息が止まる。

少しして唇を離した大翔は、私を見て目を細めた。

「なんだよ、その顔は」

両頬を手のひらでグリグリされ、我に返る。

「ちょ、ちょっとやめてよ」

すかさず彼の手を掴むと、「やっといつもの桜花に戻った」と言われてしまった。

「緊張した？」

「……当たり前でしょ？」

緊張しないほうがおかしい。それなのに私の話を聞いて大翔は嬉しそうに微笑む。

「俺も」

「嘘だ。全然緊張しているようには見えないけど」

余裕たっぷりで悔しくなるほどなのに。

「嘘じゃないさ、その証拠にほら」

彼は私の手を自分の心臓に当てがう。すると手のひらを通して伝わってきたのは、私と同じくらい早い胸の鼓動だった。信じられなくて胸元と彼を交互に見てしまう。

「これで信じてくれた？」

「……うん」

実際に触れたら信じるしかない。だけど、そっか。大翔も緊張していたんだ。

同じなんだと知って嬉しくて頬が緩む。

「なぁ、もう一回してもいい？」

「……えっ！」

まさかのもう一回に大きな声が出てしまった。さすがにこれ以上は無理！と言うより先に再び唇を奪われた。

「んっ……あっ」

さっきの触れるだけのキスとは違い、強引に私の唇を割って彼の舌が入ってきた。

ぬるっとした感触に身体がぞわっとなる。

それは決して嫌悪感を抱くものではなく、むしろもっと……と求めてしまいたくなるような初めての感触だった。

「んんっ」

口の中で逃げても彼の舌はすぐに私の舌を搦《から》めとる。次第に逃げることができなくなり、必死にキスに応えている自分がいた。

どれくらいの時間、口づけを交わしていただろうか。いつの間にか私は彼の背中に腕を回していて、より一層身体を密着させてキスに夢中になっていた。

やっと唇が離れたのは、すっかりと息が上がった頃だった。最後に名残惜しそうに唇を離した彼は、大きく息を吐きながらギューッと私を抱きしめた。

「このまま桜花を家に帰したくなくて困ってる」

「帰したくないって……」

途中まで復唱して、どういう気持ちで大翔が言ったのか理解できて一気に身体中が熱くなる。

「そ、それは私も困る」

もちろん彼が好きだからいつかは……とは思うけれど、キスだけでこんなにドキドキしているのに、その先に進むことなど今はまだ考えられない。

「わかってるよ、今はただ桜花が俺を好きになってくれただけで十分だ。いくらでも待つ。だから今こうして必死に我慢してる」

「えっと……なんかごめんね？」

申し訳なくなってきて謝ったら、大翔は「アハハッ」と声を上げて笑った。

「どうして桜花が謝るんだよ」

「いや、だってなんか……」

つまり大翔は私の心の準備ができるまで待ってくれるってことでしょ？　そんなの申し訳なくなるじゃない。

それが顔に出てしまったのか、大翔は「ごめん」と謝った。

「気が早かったな、悪かった。……俺は桜花がこうやってそばにいてくれるだけで十分だ。だから突然いなくなったり、俺のことを忘れたりしないでくれよ？」

冗談を言っているのは、私に悪いと思わせないためだよね？　彼の優しさに触れてまた好きって気持ちが大きくなる。

「ありがとう、大翔。だけどひどくない？　私が急にいなくなったり、大翔のことを忘れたりするほど頭が悪いと思っているの？」

「いや、例えばの話だよ」

不安げに聞いてきた彼に、疑問が増す。

大翔は冗談で言ったんだよね？　それなのになぜ不安でいっぱいなの？

とにかく早く彼を安心させたい一心で力強く答えた。

「うん、絶対にあり得ない」

だってこんなに好きなのに、大翔の前からいなくなることも、ましてや彼のことを忘れるわけもないじゃない。

非現実的な話だというのに、大翔は私の言葉を聞いてほっとした顔をする。

「ありがとう、桜花。……名残惜しいけど、そろそろ帰るか。でないと、栄臣に怒られそうだ」

そう言って大翔はポケットからスマホを手に取ると、メッセージ画面を見せてくれた。兄から怒涛のメッセージラッシュで、【どこにいる？】【話をするだけなのに、どうしてこんなに遅いんだ】【返事をしろ】【桜花にやましいことをしたら許さない】【場所を言え。迎えに行く】などのメッセージが届いていて苦笑いしてしまう。

「お兄ちゃんがごめんね」

「いや、それだけ栄臣は桜花のことが大切なんだよ。だからちゃんと桜花と交際することになったって報告させてくれ」

先に立ち上がった彼は、大きな手を私に差し出した。

「帰ろう」

「……うん！」

彼に手を引いてもらって立ち上がった後も、私たちは家に着くまでずっと手を繋いでいた。

「夢じゃないよね」

自室のベッドで横になって天井を眺めながら、大翔のことを考えてしまう。

キスを交わしたというのに、まだ想いが通じたことが夢のよう。でも私を送ってくれた時、家族全員の前で私と結婚を前提に交際をさせてくださいと改めて挨拶をしてくれて、胸の奥が熱くなった。

私との未来を真剣に考えるほど想いを寄せてくれていたのに、どうしても大翔の気持ちが信じられずにいた自分が申し訳なくなる。

「これからは大翔のことをちゃんと信じよう」

そしてもっと彼のことを知って好きになりたい。私のことも知ってもらって、家族に挨拶してくれたように、いつか大翔と一緒になれたらいいな。

この日の夜は、さぞ幸せな夢を見られるだろうと思っていたが、それは違った。

顔がぼやけて誰だかわからない男の子が、必死になにかを訴えてくる夢を見た。何度問いかけても聞きとることができなくて、夢の中なのにもどかしい思いをして……。

そして夢を見るようになってから急に激しい頭痛に襲われる。それが数日おきに続くことになった。

記憶の欠片を集めていく

霧の中、ぼんやりと見える男の子は、いつも私になにかを訴える。そこから時には場面が切り替わって、私は男の子となにか大切な約束をするのだ。

その約束がなにか知りたいのに知ることができない。聞きたいことがたくさんあるのに、夢の中の私は言葉を発することができなくて、いつも歯がゆい思いばかり。

「……またあの夢か」

夢を見たからか、頭が重い。時間を確認すると、まだ朝方の四時過ぎだった。

もう少し寝ようと目を閉じても、夢の内容を覚えているから気になって仕方がない。

大翔と恋人になって一週間が過ぎた。しかし、ちょうど大翔が国際線のフライトが入っていて、この一週間会えずにいる。

でも以前よりも連絡頻度は増えて、早く会いたい気持ちが大きくなっている。

その一方で私は原因不明の頭痛に悩まされていた。結局眠ることができず、早いけれど起きて雪乃さんに代わって朝食の準備を進めていく。

最初は風邪かなと思ったけれど頭痛以外の症状はなく、身体は至って元気だった。

だから疲労から来るものかも……と思って二〜三日は睡眠時間を多く取って身体を休めたが、頭痛が収まることはなかった。

「病院を受診したほうがいいのかな」

大したことはないと思い、まだ大翔や家族には相談していない。でも、急に襲ってくる頭痛は今まで感じたことがないような痛さだった。

そうなると、なにか病気ではないかと心配になる。

どうしようかと頭を悩ませながら調理を進めていると、雪乃さんがキッチンに入ってきた。

「おはよう、桜花ちゃん。ありがとう、ご飯の準備をしてくれて」

「いいえ、なんか一回起きたら目が冴えちゃって眠れなくなっちゃったんです。お味噌汁ができて、今は鮭を焼いているところです」

「助かるよ、ありがとう」

雪乃さんも手を洗って冷蔵庫を覗く。

「あと厚焼き玉子でも作ろうか」

「やった、雪乃さんの厚焼き玉子好きだから嬉しいです」

雪乃さんは家族の好みに合わせたものを作ってくれる。甘党の兄には黒砂糖を使った甘い玉子焼きを。祖母にはほんのりと出汁が効いたものを。そして私にはチーズを入れて焼いてくれる。

お皿に盛りつけたところで、急に雪乃さんはジッと私の顔を見つめてきた。気になって「どうしたんですか？」と訊ねた。

「桜花ちゃん、目の下に隈ができているじゃない」

「嘘、本当ですか？」

咄嗟に手で目元に触れてみるが、当然触った感じで隈ができているかはわからない。

「本当。目が冴えちゃったって言っていたけど、今からでも少し寝てきたら？　今日も仕事でしょ？」

「いえ、横になっても眠れないと思うので大丈夫です」

「でも……」

雪乃さんは心配そうに私を見つめてくるから、どうしたものかと頭を悩ませていると、兄が起きてきた。

「おはよう。……って、どうしたんだよ雪乃。そんな深刻な顔をして」

愛しの妻の表情を見て、兄は焦ってキッチンに入ってきた。

「なにか心配事でもあるのか？　いや、どこか痛むとか？　それともお腹の中の赤ちゃんが暴れているのか？」

　兄には雪乃さんしか見えていないようで、私の存在を完全に忘れてテンパッている。

「違うの、桜花ちゃんを見て。目の下の隈がひどいから心配で……」

「隈？」

　雪乃さんに言われてやっと兄の視界に私が入った。そしてまじまじと私の顔を見た兄にも「本当だ、桜花、隈がすごいぞ」と言われてしまった。

「体調は大丈夫か？　今日は予約も入っていないし、ばあちゃんに店に出てもらえばいいから無理はするな」

「ううん、大丈夫。身体は元気だから。ただ、その……」

　頭痛や夢に出てくる男の子のことを相談しようと思った時、タイミングよく祖母が起きてきた。

「おはよう。どうしたの？　みんな揃って」

　キッチンに集まる私たちを見て不思議そうに聞いてきた祖母に、兄は「聞いてくれよ、ばあちゃん」と言って事情を説明する。

「それなら今日は私が店に立つよ。桜花、無理は禁物だよ」

「違うの、本当に元気なの」

心配する三人に頻繁に頭痛が起きていること。顔も名前もわからない男の子が何度も夢に出てくるから色々と考えてしまい、寝不足だということを伝えた。

するとなぜか三人は顔を見合わせて戸惑い始めた。

「どうしたの？　みんな」

深刻そうな表情に、もしかして私は大きな病気を抱えているのではないかと心配になる。

「ちょっと座ってゆっくり話そうか」

祖母の声にみんなでリビングへ移動し、テーブルを囲んだ。ただならぬ雰囲気に焦りを覚える中、祖母は私の様子を窺いながら口を開いた。

「ここ最近、栄臣たちと桜花に話すべきかと悩んでいたんだ」

祖母がそう切り出すと、兄も続く。

「飛行機へのトラウマも克服してきただろ？　今の桜花なら話しても乗り越えられると思うんだ」

いったいなんの話をしているのかわからなくて、不安が募る。そんな私の心情を感じ取ったのか、雪乃さんが優しく声をかけてくれた。

「桜花ちゃん。びっくりするかもしれないけど、落ち着いて聞いて」

彼女の言葉の後に、兄と顔を見合わせた祖母がゆっくりと話し始めた。

「両親が飛行機事故で亡くなったのは、ちゃんと覚えているね？」

「……うん、もちろん」

それから私は両親を失ったショックで飛行機が怖くなり、見ることさえできなくなってしまった。

「当時、桜花はまだ七歳で大きなショックを受けたのだろう。飛行機へのトラウマだけではなく、記憶の一部も失ってしまったんだ」

「……どういうこと？」

思いもよらぬ話に耳を疑う。だって記憶を失っただなんて……。

「私、ちゃんとお父さんとお母さんのことを覚えてるよ？　もちろん一緒に過ごした日々すべては覚えてないけど、どんな人だったかとか、みんなで出かけた思い出とかちゃんと記憶に残ってる」

そうだよ、私にはしっかりと記憶が残っている。失った記憶なんてないはず。

しかしそうではないようで、兄は眉尻を下げた。

「本当に一部の……いや、正確にはたったひとりの記憶だけ失ってしまったんだ」

「たったひとり？」

聞き返すと、兄は大きく頷いた。

「あぁ。医者も理由はわからないと言っていたが、その人と過ごした記憶だけ綺麗に消えてしまった。だけど生活に支障はないし、話をして無理に思い出そうとしたら頭痛などが起きる可能性もあるとも言われた」

「だから私たちは桜花には伝えないことにしたんだ。医者も自然と思い出す日が来るかもしれないと言っていたしね」

兄に続いて祖母も言うってことは、ふたりとも私の記憶の中から消えたその人のことを知っている？　雪乃さんも驚いていないし、三人とも知っているんだ。

「ねぇ、私が忘れてしまった人はいったい誰なの？　最近夢に出てくる男の子と関係している？」

気になって聞いたものの、誰もすぐに答えてはくれなかった。

「自然に思い出すのが、桜花の身体に一番負担が少ないって医者が言っていた」

「私たちが伝えることは簡単だけど、それによって忘れていた罪悪感で桜花が苦しむのが嫌なんだよ」

「お兄ちゃん……おばあちゃん……」

ふたりが私を心配してそう言ってくれているのは痛いほどよくわかる。でも祖母の言う通り、私がずっと忘れている人に申し訳ないよ。

そんな私の気持ちを察してくれたのか、雪乃さんが口を開いた。

「桜花ちゃんさえよければ、病院に行ってみない？」

「えっ？」

「今の桜花ちゃんの気持ちを先生に話してみるのもいいと思う。記憶を取り戻す方法を一緒に考えてくれるかもしれないし、夢の話や頭痛のことも相談したほうがいいんじゃないかな？　どう思う？　栄臣」

雪乃さんに話を振られた兄は、顎に手を当てて考え込む。

「うーん……たしかにそうかもしれないな。医者も記憶を取り戻す兆しが見えたら、一度受診してほしいって言っていたような……。なあ、ばあちゃん」

「そうだったね。……うん、一度受診したほうがいいだろう。もちろん桜花がよければだが」

「行くよ、絶対に行く」

だって忘れたままなんて嫌だもの。私は誰との思い出を忘れてしまったのかちゃんと思い出したい。

私がすぐに答えたのを聞き、三人は安心したように顔を見合わせた。

「あぁ、じゃあそうしろ。だけど！　もし気分が悪くなったりつらくなったりしたら無理することないからな？　……向こうだってそれを望んでいない。むしろ桜花が無理して思い出そうとしていると知ったら悲しむ」

「そうね。小さな変化も私たち家族に逐一報告すること。いい？　桜花」

「うん、わかった」

でも、私に無理してほしくないと思うほど優しい人だと兄から聞いてしまった今、もっと思い出したいという気持ちが強くなった。

それにその人のことを思い出すことが、トラウマへの克服に繋がる気がするの。

それからみんなで食卓を囲んで朝食を食べた後、私は仮眠をとってから病院へと向かった。

祖母に教えてもらった病院を受診したところ、担当してくれた医師は私が記憶喪失になった際にも診てくれた人だった。

まずはなぜ私が記憶喪失になったのかを丁寧に説明してくれた。

「心理的記憶喪失、または解離性記憶喪失とも呼ばれており、深刻な心理的ストレスが原因と見られています。松雪さんの場合、ご両親を突然失ったストレスで一部の記憶を失い、飛行機に対してのトラウマが生まれたものだと考えられます」

次に私の今の症状を伝えたところ、医師は少しの時間考え込む。

「そうですか……。記憶にない人物が夢に出てくる、頭痛がするという他になにかありましたか？ どんなに些細なことでもいいです」

「そうですね……」

突然聞かれてもすぐには思い出せない。しかし、あることが頭に浮かんだ。

「そういえば、最近出会った人なのに、一度だけその人のある表情を見てどこか見覚えがある気がしたんです」

それは大翔のことだった。初めてのデートの時にサウスパークで見せた大翔の表情が引っかかった。

「なるほど。それは最近のことですか？」

「はい」

大翔と出会ってからだから、最近と言えるだろう。

「どうやら松雪さんは、少しずつ記憶を取り戻しつつある傾向だと思われます」

「本当ですか？」

それはつまり、いい兆しってことだよね？

「はい。ですが焦りは禁物です。ここで無理をしたらだめですよ。あくまで自然に思い出すのが一番お身体に負担が少ないですから。ですが、松雪さんの記憶を取り戻したい、トラウマを克服したいという強い気持ちがなにより大切です。ゆっくり一緒に思い出していきましょう」

「はい、よろしくお願いします」

これから定期的に通院して、カウンセリングを受けることとなった。

病院を出る頃にはお昼を回っていて、太陽も高く昇っている。そろそろ春に近い日差しは眩しい。

バス停でバスの到着を待ちながら空を見上げていると、一機の飛行機が空高く飛んでいて目で追ってしまう。

「すごいな、あんな高いところにまで行っちゃうなんて」

飛行機の中から見た地上の景色はどんなものだろう。きっと目の前の大きな建物も小さく見えて、私の姿なんて見えないんだろうな。

そんなことを考えながら空を見上げていると、急に背後から肩を叩かれた。びっくりして振り返ると、そこにいたのは息を切らした大翔だった。

「え、大翔？　どうしてここに……？」

大翔が突然現れて驚き固まる私に、彼は焦った様子で私の両肩を掴んだ。

「朝、今日会えないかって連絡したのにいつまでたっても返事がないから心配した。仕事だと思って松雪屋に行ってみたら、栄臣が桜花は病院に行ったたって言うから、病院名を聞いて急いで来たんだ。どこか悪いのか？　医者はなんて？」

どうやら兄になぜ私が病院に行ったかまでは聞いていないようだ。それほど私のことを心配してくれたのかと思うと、嬉しさと申し訳なさでいっぱいになる。

「ううん、どこも悪くないよ」

「じゃあどうして病院に……？」

私の肩から手を離して混乱する大翔に、順を追って説明していく。

「最近ね、ある夢を見るようになって頭痛も頻繁に起こるようになったの。それをお兄ちゃんたちに相談したら、その……私は両親を失ったショックで、ある人の記憶だけ消えちゃっているんだって。だから、どうしてもその人との思い出を取り戻したいの」

私の話を聞いて大翔は目を見開いた。

そうだよね、私が記憶喪失だったなんて聞かされたら驚くよね。

「でも生活には支障がないって言われたから大丈夫。ゆっくり思い出せばいいって言われたし。それに記憶を取り戻すことで、飛行機へのトラウマも克服できる気がするんだ」

心配させたくない一心で早口で捲し立てたところ、彼は大きく瞳を揺らした。

「桜花の気持ちはわかった。でもその途中、桜花の身体に悪い影響が出る可能性だってある。……リスクがあったとしても思い出したいのか？」

それは医者にも言われたことだ。だから記憶を失ってから十年近く、祖母たちは私に事実を告げなかったのだろう。

「うん、それでも私は思い出したい。きっと亡くなった両親も望んでいると思うの」

自分たちのせいで私が苦しんでいると知ったら、空の上で安心して見守っていられないでしょ？

「その人と私がどんな関係で、どれだけの時を一緒に過ごし、思い出を作っていたのかを知りたい。それでいつか会うことができたら、今まで忘れていてごめんねって伝えたいんだ。……まぁ、向こうは私のことを忘れている可能性もあるけどね」

夢に出てくるのは男の子だけれど、必ずしも私が記憶を失った人が異性とは限らない。同い年なのか年上か年下かもわからない。

もしかしたら、それほど親しい間柄ではなかった可能性もある。その証拠に今までそのような人に出会ってこなかったわけだし。

それなのに思い出したいのは、大翔に出会ったからだ。大翔が私の仕事に対する気持ちを理解してくれたように、私も彼の仕事のことを知りたい。どんな景色を見て空を飛んでいるのか見たいの。そのためにも思い出す必要があるんだ。

「なにより私ね、大翔が操縦する飛行機に乗りたいの。両親も見たオーロラを見て、この前大翔がロンドンの街並みの写真を送ってくれたでしょ？　あそこに大翔と一緒に行って散策してみたい」

「桜花……」

私の名前をポツリと呟いた彼の頬に、一筋の涙が流れた。

「え……ちょっと大翔、どうしたの？」

思いもよらぬ彼の涙に困惑してしまう。

「いや、すまない。なんでもないんだ」

そう言って彼は涙を拭い、笑顔を見せた。

「桜花が飛行機に乗りたい、一緒にロンドンに行きたいって言ってくれたのが嬉しくてさ」

まさか涙を流すほど喜んでもらえるとは思わず、胸が苦しくなる。

「わかった、俺も桜花が記憶を取り戻せるように協力するよ。だけど、無理だけはしないでくれ。……きっと忘れられてしまった人だって、桜花につらい思いまでして思い出してほしくないと思っているはずだから」

そう話す大翔は苦しそうで、まるで本当に私が忘れてしまっている人がそう思っているような気がして、泣きそうになってしまった。

「うん、ありがとう」

大翔のためにも、早く記憶を取り戻したい。そして飛行機に乗りたいと強く願う。

「病院に行って疲れただろ？　家まで送る」

そう言って大翔は私の手を握った。

想いが通じて恋人になっても、会うのは一週間ぶりだからか手を繋ぐだけで緊張してしまう。でもそれ以上に彼が優しくて、触れてくれるのが嬉しい。

「じゃあお願いします」

肩を並べて歩く彼にいえば、クスリと笑った。

「どうして敬語なんだ？」

「えー、なんでだろう。なんか敬語で言っちゃった」

「なんだ、それ」

こうやって他愛ないことで笑って一緒にいられることがすごく幸せに感じる。記憶を取り戻して、飛行機に乗れるようになったらもっと幸せを感じられるのかな?

「今度の病院受診はいつ?」

「えっと、たしか二週間後だったかな?」

「二週間後か。もし休みだったら俺も病院に付き添ってもいいか?」

「え、いいよ、そんな」

貴重な休みに付き合わせるなんて申し訳ない。しかし、大翔は足を止めて私の額を軽く突いた。

「おい、俺がさっき協力するって言ったことを忘れたのか? それに、愛する彼女の力になりたいって思うのは当然のことだろ?」

大翔がサラッと「愛する彼女」なんて言うものだから顔が熱くなる。

「もう、いつもだけど恥ずかしいことをあまり言わないで」

すると大翔は意地悪な笑みを浮かべた。

「どうして? 俺は事実を言ったまでだぞ?」

「いいから言わないで」

居たたまれなくなって手を離して先に歩き出したが、すぐに大翔が追いかけてきて再び私の手を握る。

「悪いな、照れている桜花が可愛くて意地悪しすぎた」

「意地悪しているって自覚はあるんだね」

「あぁ。でも可愛い反応をする桜花にも責任があるぞ？」

言い訳をする大翔に呆れつつも、好きな人に可愛いと思ってもらっているのは嬉しくもあり、複雑な気分になる。

駐車場に着くと、いつものように彼は助手席のドアを開けてくれた。そして自宅までの道のりの間も、話を振ってくれて楽しいやり取りが続いた。

「しばらくは国内線のみのフライトだから、比較的時間が取れると思うんだ。都合が合えば今度飯でも食いに行こう」

「うん、わかった」

自宅に着くと、彼はわざわざ車から降りて玄関まで私を送り届けてくれた。それは私を心配してのことだとわかってはいるが、なんとなく離れがたくなり、なかなか別れの言葉を切り出せない。

「あの、よかったらお茶でも飲んでいく？」

もう少し一緒にいたくて勇気を振り絞って言ったところ、大翔は目を丸くさせた。

だけどすぐに頬を緩めてクシャッと笑う。

「嬉しい誘い文句だけど、今日はやめておく。明日は仕事だろ？　ゆっくり休んで」

「そ、そうだよね。ごめん」

大翔は私のことを思ってくれているのに……！　恥ずかしい、目の前に穴があったら入りたい。

居たたまれない気持ちでいっぱいになり、「それじゃまた」と言って玄関のドアを開けようとした時。

「桜花」

私の名前を呼んだ彼に腕を掴まれ、びっくりして顔を上げたら頬に温かな感触を感じた。私の頬にキスを落とした彼は、愛おしそうに見つめてくる。

「もっと俺と一緒にいたいって思ってくれて嬉しいよ、ありがとう。もちろん俺だってもっと桜花と一緒にいたいと思ってる。だから今度会ったら覚悟しておけよ」

「えっ！」

大きな声を出してしまったら、彼は満足げに笑う。

「言っておかないと、桜花は緊張すると思ってさ。……次に会えるのを楽しみにしてる」

「……うん」

びっくりしたけど、でも私も次に会えるのが待ち遠しい。どうしてこんなに好きになっちゃったんだろう。

最後に彼は不意に私の唇に触れるだけのキスを落として、顔が真っ赤になっているであろう私を見て満足して帰っていった。

「いつも突然なんだから」

いや、突然ではなくてもまだまだ彼とキスすることに慣れない。もしかしたら一生慣れる日は来ないのかもしれないと思うほど、胸に手を当てれば心臓は驚くほど速く脈打っている。頬も熱いし、しばらく家に入れそうにない。

落ち着くまで外の空気に触れてから、家に入った。


「やだ、五歳の時の栄臣ってば可愛い」

「そうだろう？　きっと生まれてくる子供も男の子だったら俺のように愛らしくなるに違いない」

この日の夜、家族みんなでテーブルを囲んで見ていたのは昔のアルバム。

「ほら、これが桜花の生まれた日に病院でみんなで撮った写真だよ」

祖母が指差す写真を見ると、母が生まれたての私を愛おしそうに抱き、その傍らに父と兄が寄り添っていた。

祖母は泣いたのが写真でもわかるほど目が赤い。

「ばあちゃん、この時すっげぇ泣いてたよな？　俺、子供ながらに引いたし」

「なんだい、引いたなんてひどい話だね。子供は息子のみ、ひとり目の孫も男児で私にとっては待望の女の子だったんだ。そりゃ泣くだろう」

兄と祖母のやり取りに、私と雪乃さんは笑ってしまった。

どうして急に昔のアルバムを開いているかというと、医者に昔の思い出に触れるのも記憶を取り戻す上でいいことだと言われたからだ。

その他にも昔よく遊んでいたおもちゃに触れたり、よく出かけていた場所を訪れたりするのもいいと言っていた。

小さい頃はとくに家族も私のことを心配していたから、アルバムは棚の奥深くに眠ったままで、今まで見る機会がなかった。

しかし、大翔のおかげで飛行機も怖くなくなったし、これを機に見ようと決心した。

アルバムのページを捲っていくと、トラウマが再燃することはなく、懐かしい気持ちでいっぱいになる。すると写真の中で見覚えのある景色を見つけた。

「あれ？　ここってサウスパークだよね？」

私が指差した写真をみんなで見る。

「あぁ、そうだな。昔はよく遊びに行っていたから写真でも多く残っているんだろう」

兄の言う通り、他にもサウスパークで撮った写真が多く出てきた。中には柵越しに海を眺めている私のうしろ姿もあった。

ここ、大翔との初デートの時に行ったところだ。

次のページを捲ると、ところどころ写真が抜けていた。

「なんか写真がいっぱい抜けているけど、どこにいっちゃったの？」

ページを捲っていくたびに写真の抜けが多くなる。気になって聞いていると、三人は顔を見合わせる。

「抜いた写真は、桜花が忘れてしまった相手が写っているんだ」

眉尻を下げて話す兄は、「だから悪いけど抜いて別のアルバムにしまってある」と説明してくれた。

「そっか……」

じゃあその人と出会ったのは、五歳の頃なのかな？　その頃から写真が多く抜かれている。でもこんなに写真を多く撮るほど頻繁に会っていたってことだよね？

ますます忘れてしまったことに罪悪感を覚える。

次のページを捲ると、空港での一枚があった。

「この写真……」

私が空港のロビーで飛行機を見て目を輝かせているものだった。同じページの写真は抜かれていて、その一枚しかなかった。

ということは、忘れてしまった子と空港でたくさんの写真を撮ったということ。

「懐かしいな、その写真。みんなで空港に行った時、桜花がその子に空港を案内してもらっている様子を撮ったものなんだ」

「そうなんだ。……私、その子と一緒に空港まで行ったんだね」

昔の私は飛行機を見て目を輝かせるほど平気だったんだ。好きだったってことだよね？　それは忘れてしまった子の影響なのかな？

案内してくれたってことは、その子も飛行機が好きだったのかな。

「空港だけじゃないぞ。本当に毎日といっていいほど頻繁に会って遊んでいたよ。ちなみに俺も一緒に遊んだんだからな？」

「え？　じゃあお兄ちゃんもその子と仲良かったってことだよね。今も仲がいいの？」

思わず聞いてみたところ、兄はあからさまにギクッと身体を反応させた。

「え!?　い、いやーどうかな。仲がいいっていうのか……？」

ちゃんと説明してくれない兄にモヤモヤする。もちろん私のためを思って相手を教えないとわかってはいるけれど、早く思い出したい気持ちがどうしても勝ってしまう。

「ねぇ、名前だけでも教えてもらうことはだめなのかな？　そうしたら私、思い出せるかもしれないじゃない」

焦る気持ちから提案をしたものの、三人は困り始めた。

「医者にも焦らないほうがいいって言われたんだろ？　変に記憶が混濁する可能性だってある」

「そうだよ、桜花ちゃん。ゆっくりでいいと思う。これからも私たち、協力するから」

「……うん、そうだよね」

頭では理解するも、どうしても心は拒否してしまう。

こうやってみんなにも、大翔にだってあんなに心配させてしまった。だから早く思い出して安心させたい気持ちが自然と大きくなる。

ベッドに入っても、私は何度もアルバムの写真を眺めていた。

両親の記憶は優しい人だったというぼんやりとしたものしかない。父は一見厳しそうだが、笑った顔は柔らかくて、写真からも私と兄を愛してくれていたのが伝わってくる。

母は綺麗な人で、きっとすごくモテていたんだと思うほど。ふたりはどうやって出会って結婚したんだろう。

母は呉服屋に嫁ぐことに対してどう思ったのだろう。プレッシャーとかなかった？

「そういう話も聞いてみたかったな」

感情が昂り、目頭が熱くなる。

祖母と兄、雪乃さんがいて毎日楽しく過ごしているけれど、両親がいたらもっと幸せだったのかもしれない。

もしもの話をしたって仕方がないことだってわかってはいるけれど、こうして写真を見ていると、どうしても両親が生きていたら……と考えてしまうよ。

アルバムを閉じて寝ようとした時、メッセージが一件届いた。確認すると大翔からで【体調はどうだ？】と綴られていた。

メッセージを返信すればいいのに、無性に寝る前に大翔の声が聞きたくなり、思い切って電話をかけた。するとワンコールで出てくれた。

『起きていたんだな、体調は大丈夫か？』

開口一番に心配する言葉をかけられ、胸がきゅんとなる。

「うん、大丈夫。今日は送ってくれてありがとう」

『恋人として当然のことをしたまでだ。お礼を言うことじゃない』

大翔らしい返しに、頬が緩む。

『二週間後なんだけどさ、シフトを見たらフライトで病院に付き添えそうにないんだ。ごめん』

「ううん、そんな。平気だよ、気にしないで」

しかし大翔は気にしているようで、なかなか言葉が返ってこない。

『次の病院の予定がわかったらすぐ教えてくれ。それと、受診した際はどんな感じだったのかすべて報告すること』

あまりの過保護ぶりに「心配しすぎ」と言ってしまった。

「でもちゃんと報告はするから、あまり心配しないで」

『絶対だからな?』

念を押してきた彼に「はいはい、わかったよ」と答えれば、『どんなに些細なことでも全部だぞ』と言う。

『とにかく桜花のことが心配なんだ』

「大袈裟だよ」

大きな病気を抱えているわけではないし、身体は至って元気だというのに。

その思いで言ったものの、大翔は真剣な声で続ける。

『大袈裟じゃない。……できるなら毎日会ってそばにいたいくらいだ。いいか？ちょっとした変化だったとしても甘く考えないで医者か俺や栄臣たちに言ってくれ』

「……う、ん。わかったよ」

あまりに大翔が切実に訴えてくるから、戸惑いを隠せなくなる。家族だって心配してくれているけれど、大翔は家族以上に心配しているよね。

彼の言うように恋人なら当然なのかもしれないが、それだけではないような気がするのは私の気のせい？

『明日は十六時着の便で終わりだから会いに行くよ。……ちゃんと待ってろよ。約束だぞ』

何気なしに大翔が放った〝ちゃんと待ってろよ。約束だぞ〟の言葉が、ずっと頭の中で木霊《こだま》する。どうしてだろう、なぜこんなにも引っかかるの？

『そろそろ切るな。おやすみ、桜花』

「あ……うん、おやすみ」

通話を切ったが、どうしても大翔の言葉が頭から離れない。ありふれた言葉だよね。

目を閉じて記憶を呼び起こす。すると、大翔よりも幼い声で同じ言葉を言われた記憶が浮かぶ。

「誰に言われたんだろう」

それがどうしてこんなにも記憶に残っているの？　私はいったい誰とどんな約束をしたの？

思い出せないのがもどかしくて、次第に頭が痛くなる。

「だめだ、思い出せない」

焦らないようにしようと自分に言い聞かせ、この日はそのまま眠りに就いた。

次の日から私は店に立った。相変わらず忙しなくて外国人観光客を中心にお客様が途切れることはなかった。

「いやー、今日はすごい人だったな」

「うん、ご飯もまともに食べられなかったのは久しぶりだったね」

本当にお客様が途切れなくて、客足が少なくなったタイミングを見計らって交代でご飯を急いで食べただけだった。

「従業員の募集、まさかここまでなかなか来ないとは……」

兄は新たな従業員の募集をしてくれたのだが、まだ応募は一件も来ていなかった。だけどその理由は明白。

「そりゃなかなか来ないでしょ。最低でも英語と中国語が話せて、プラスもう一言語話せる人なんて、そうそういないから」

「でも、英語と中国語はマストだろ？　他にイタリア語やフランス語、韓国語が話せたら頼りになるじゃないか」

「そうだけど、難しいと思うよ」

来てくれるまで待つしかないだろう。それでもいい出会いがあればと思っている。

閉店作業を進めながら、兄は「できれば雪乃が出産する前に来てくれたらいいんだけど」とブツブツ呟く。

「暖簾下げてくるね」

店内は兄に任せて暖簾を下げてこようと歩を進めていると、ドアが開いた。

「遅くにすまないね、少しお邪魔してもいいかな？」

そう言って入ってきたのは、上杉のおじさまだった。

「お久しぶりですね、どうぞお入りください」

招き入れてまずは暖簾を下ろし、すぐにお茶の準備をしようとしたが「すぐお暇するから気にしないでくれ」と、止められてしまった。

「今日はこれを桜花ちゃんに渡したくて来たんだ」

「私にですか？」

そう言って上杉のおじさまが私に差し出したのは、小花の柄が描かれたハンカチだった。

「これは……？」

ハンカチと上杉のおじさまを交互に見てしまう。

「大翔から桜花ちゃんが昔の記憶を取り戻そうとしていると聞いてね。これを返そうと思って持ってきたんだ」

返そうってことは、元々は私のものだった？　それに私が失った記憶に上杉家が関わっているってこと？

でも身に覚えがなくて、受け取るに受け取れなくなる。

「どうして私がこれを持っているのか、それらについては大翔から言わないほうがいいと言い聞かされてきたから伝えられずで悪いね。……だけど、桜花ちゃんが記憶を取り戻す上で、必要な物だと思ったんだ」

そっと受け取り、改めてハンカチを見てもなんの記憶も蘇ってこない。でも男の子と上杉のおじさまが関係していると言うことだよね。

「いつかこのハンカチがどんな物なのか、桜花ちゃんと話せることを祈っているよ」

「ありがとうございます」

最後に上杉のおじさまは、「今度ゆっくり家に遊びにおいで」と言って帰っていった。外まで見送りに出た兄が戻ってくると私の横に立ち、ハンカチを見つめる。

「やっと桜花のもとに戻ってきたんだな、それ」

「え、お兄ちゃんもこのハンカチのことを知っているの⁉」

びっくりして聞き返すと、兄は「ノーコメントだ」と言って、逃げるように売り上げの計算に向かう。

「あ、ちょっとお兄ちゃん⁉」

「俺からはなにも言えない！」

それ以上はなにも答えないと言わんばかりに、お金の計算に没頭し始める。

あぁなってしまっては、教えてくれないだろう。……でも、兄の様子からして私が誰かにハンカチを貸した場面にいたってことは間違いない。

もう一度よくハンカチを見ると、うっすらと染みが残っていた。

「なんの染みだろう」

その染みを撫でても、なにも思い出せない。だけどこれが記憶を取り戻すカギになるかもしれない。

いつか上杉のおじさまとこのハンカチのエピソードを話せる日が来るといいな。

返してもらったハンカチを大切にバッグにしまって、残りの閉店作業を進めた。最後に兄と戸締まりを確認して店を出たのは十九時を回ってからだった。

兄が店の裏口のドアのカギを閉めていると、「よかった、間に合った」と声が聞こえた。びっくりして兄とともに振り返ると、そこには大翔の姿があった。

「え？　大翔？」

驚く私を見て大翔は「昨日、会いに行くって言っただろ？　もう忘れたのか？」と言いながら近づいてきた。

「お疲れ、こんな遅くまで仕事をして身体は大丈夫か？　栄臣ひとりに任せて桜花は早めに上がってもよかったんじゃないか？」

心配する大翔の横で兄は「おい、俺がいることを忘れるな！」と鋭く突っ込んだ。

「それに俺がひどい奴みたいな言い方はやめろ。俺だって桜花の心配をしていたさ！　何度も早く帰ったらどうだとも声をかけたぞ」

「そうなの、お兄ちゃんに何度も聞かれたけど平気だったから大丈夫だよ」

兄を庇うように言うと、大翔はおもしろくなさそうに顔を渋めた。

「あまり栄臣を庇わないでくれ。……妬ける」

ボソッと呟いたひと言に耳を疑う。えっと、つまり大翔は私が兄を庇ったことに対して嫉妬したってこと？

「実の兄妹の俺にヤキモチとかさすがにヤバいだろ。おい、桜花！　こんな器の小さい男のどこがいいんだ？　一度考え直したほうがいいぞ！」

なんて言う兄の言葉は頭に入ってこないほど、照れている大翔に目が釘付けになる。

どこか少年っぽい表情にも胸がきゅんとなってしまう。――しかし次の瞬間、激しい頭痛に襲われてふらついた。

「桜花っ」

すぐに近くにいた大翔が身体を支えてくれた。

「どうした、大丈夫か⁉」

「桜花！」

心配する大翔と兄を安心させるように「大丈夫、ちょっと頭が痛くなっちゃって」と説明している間に少しずつ痛みは引いていった。

「……うん、もう大丈夫」

痛みを感じなくなり、大翔から離れた。

「本当にもう平気なのか？　無理していないよな？」

まだ心配な様子の大翔に「本当に大丈夫」と伝える。

「それにこういうことは初めてではないの。今みたいにすぐ痛みは引くから平気だよ」

「……そう、なのか」

私が頭痛を起こしたところを初めて見たふたりは言葉を失う。

あまり心配してほしくないんだけど、でもあんなに痛がったら心配して当然だよね。

できるだけみんなの前では頭痛を起こしたくないけれど、これぱかりは仕方がない。

「そうだ、大翔。付き合ってほしいところがあるんだけどいいかな？」

「もちろんいいけど、家に帰って休まなくていいのか？」

「うん、大丈夫」

家に帰ろうと引き止める兄を説得して、大翔と歩いて向かった先はＢＣストリート。

「どうしてここに？」

なにも言わずに連れてきた大翔に聞かれ、昨日、家族で昔のアルバムを開いた時にここでイルミネーションをバックに撮った写真があったから来てみたかったと伝えた。

「そうだったのか。……どうだ？　実際に来てみた感想は」

「うーん……そうだな」

時期的にイルミネーションは開催しておらず、写真とはまた違った雰囲気だからか、なにかを思い出すことはなかった。

「なにも思い出せないや」

「……そっか」

ここに来たらなにか思い出すかもしれないと期待していたが、周囲を見回してもなにも浮かんでこない。

「せっかく付き合ってもらったのにごめんね」

大翔と一緒に来たら思い出せそうな気がしたんだけど、そう簡単なことではなかったようだ。

仕事終わりに会いに来てくれたのに申し訳ない気持ちでいっぱいになっていると、大翔は背後からそっと私を抱きしめた。

「な、なに？　急に」

突然の抱擁に声がどもってしまい、羞恥心でいっぱいになる。

「なにって、昨日覚悟しろよって言っただろ？　それがこういうことなんだけど」

耳もとでクスクスと笑って言うものだから、くすぐったくてたまらない。

「今、ここじゃなくない？」

「じゃあいつ、どこならいいんだ？」

すぐさま聞き返してきたものだから振り返ると、思った以上に彼の顔が至近距離にあって微動だにできなくなる。

少しでも動いたら唇が触れてしまいそうな距離に、胸の高鳴りが増す。すると大翔が目を閉じたものだからキスの合図だと思って私も瞼を閉じた。しかし彼は私から離れていった。

「……え？」

てっきりキスされると思っていたから拍子抜けしてしまう。そんな私を見て彼は必死に笑いをこらえていた。

「ちょっと大翔？」

「悪い、キス待ちの桜花の顔が可愛くてさ」

なんて言うけれど、笑いをこらえている時点で絶対に可愛いと思ったんじゃなくて、おもしろいと思ったんでしょ？　またからかわれたと思うと悔しくなる。しまいには声を上げて笑いだした大翔が恨めしい。

「ねぇ、いい加減笑うのやめてくれない？」

「ごめんごめん」

謝っているのに誠意が感じられない。でも彼が笑うと私まで頬が緩むから不思議だ。

「昨日は覚悟しろよって言ったけどさ。桜花が俺の気持ちに追いつくまで待つから」

そう言うと大翔は私の腰に腕を回して自分のほうに引き寄せた。

「えっ？　大翔、言ってることとやってることが違くない？」

ついさっき待つって言ってくれたよね？

「いや、ハグとキスは待てないから。待てるのは……俺が言ったら桜花が恥ずかしがること」

なんて言われたら、容易に想像できてしまって頬が熱くなっていく。そんな私を見て大翔は意地悪な笑みを浮かべた。

「ほら、やっぱりそうなる」

「それはっ……！　大翔が悪いんでしょ？」

「俺が悪いのか？」

「そう！」

そっぽ向いて照れ隠しするので精いっぱい。素直になれない自分は可愛くないと思いつつも、どうしても恥ずかしくて意地になってしまう。

「まだキスより先に進むのは怖いんだろ？」

「……うん」

そもそも誰かを好きになったのも今回が初めて。だから正直まだ、大翔と恋人になれたことが夢のような気がしてしまうし、キスだけで精いっぱいなのだ。それ以上のことをすると想像しただけで心臓が止まりそうになる。

「だったらいくらでも待つ。恐怖心がなくなったら抱かせてくれよ」

ストレートな言葉に頬が熱くなり言葉が詰まる。それを知ってか、大翔は続けた。

「その時は世界で一番幸せだと思えるほど全力で愛してやる。……もちろん、この先もずっとだけど」

次の瞬間、大翔は私の膝に腕を回して抱き上げた。

「きゃっ⁉」

突然身体が宙に浮いて、悲鳴に似た悲鳴を上げながら彼の首にしがみついた。

「びっくりしたじゃない」

抗議をしているというのに、大翔は嬉しそうに笑う。

「本当に可愛いな、桜花は」

「……ねぇ、可愛いって言えばいいと思っていない？」

「いや、本音だからな？　俺にとって桜花は可愛くてたまらない存在なんだから」

またいつものように私が恥ずかしくなることを言うんだから。だけど、彼に愛されていると実感できて、胸がいっぱいになる。

「私もこうして大翔と一緒にいられるだけで幸せだよ？」

あまりに嬉しくて素直な思いを口にすると、大翔は目を細めた。

「ありがとう。……俺も今、たまらなく幸せだ」

愛おしそうに放たれた言葉には愛が溢れていて、胸がいっぱいになる。

今はまだ無理だけれど、いつか恐怖心がなくなって身も心も大翔と結ばれる日が来てほしい。……ううん、いつか必ずそんな日が来るはず。

そのためにも大翔とのスキンシップにもっと慣れないと。

「さて、と。そろそろ帰るか」

「じゃあ降ろして」

さっきからずっと抱き上げられた状態で、もしこの姿を誰かに見られたらさすがに恥ずかしい。

しかし大翔は降ろしてくれないまま歩き出した。

「やだ」

「やだって、そんな子供みたいなこと言わないでよ」

「いいだろ？　このままでも」

「よくないよ」

なんて言い合いをしている間も大翔は歩を進めていくものだから、案の定通行人に見られてしまった。

「本当に恥ずかしかった」

就寝前に思い出しても顔から火が出そうになる。だけど、本当に大翔の言葉が嬉しかったな。私のことを考えて待つと言ってくれたのだから。

思い出の場所を巡って記憶の欠片を集め、失った記憶を取り戻すことも、愛する彼との新しい記憶を刻んでいくことも、どちらも大切だ。

焦らずゆっくりと進めていこう。それがきっと大翔との幸せに繋がっていると思うから。

この日は幸せな気持ちで眠ったからだろうか、いつもの男の子の夢を見ることはなく、大翔との幸せな未来の夢を見たのだった。

ずっと忘れていてごめんね

早朝五時過ぎ。家族全員で早起きをしてやってきたのは空港。展望デッキで、朝陽が上ると同時に飛び立っていく飛行機を見送っていた。

「久しぶりにこんな近くで飛行機を見たけど、やっぱりカッコいいな」

「ふふ、そうだね」

はしゃぐ兄を子供みたいと思った私とは違い、雪乃さんは笑顔で見つめる。

「空港に来たのは私も久しぶりだよ。しばらく来ない間にこんなに綺麗になっていたとは」

祖母は誰もいない広い展望デッキを感慨深そうに見つめた。

記憶を失っていると告げられてから二ヵ月と少しが過ぎた。私は二週間に一度の通院を続けている。

記憶は戻らず、頭痛も起こってはいるものの、飛行機へのトラウマは確実に減っていた。今までは遊園地に行っても、空を飛ぶことが連想される浮遊系のアトラクションすら乗れなかったけれど、一ヵ月前、大翔に誘われて行った遊園地で克服することができたのだ。

それを事後報告したところ、大翔に「なにかあったらどうするんだ」とかなり怒られちゃったけれど。

その後も絶叫系のアトラクションも、心から楽しむことができた。

家族も両親との思い出の地を巡ってくれたり、こうして空港へ一緒に来てくれたりと協力してくれて、本当に感謝してもしきれない。

「雪乃、お腹は大丈夫か？」

「うん大丈夫。赤ちゃんも飛行機を見られて嬉しいのか、すごく元気でさっきから蹴られているの」

「本当か？　どれどれ」

するとと兄は私たち以外誰もいないとはいえ、外だというのに雪乃さんのお腹に耳を当てた。

「おぉ、すごい元気だな」

ちょうどお腹を蹴ったところらしく、兄は嬉しそう。

雪乃さんは臨月に入り、いつ生まれてもおかしくない状態だ。赤ちゃんは順調にお腹の中で成長しているようで、性別は男の子らしい。

医者から適度な運動を勧められたようで、兄と雪乃さんは朝と夕方、ふたりで家の近所を仲良く散歩している。

今日は私が空港に飛行機を見にいってくると言ったところ、せっかくだから家族で見にいこうとなったのだ。

「あ、五時三十五分発の便だから大翔が操縦しているんじゃないか？」

滑走路を移動する一機の飛行機。これから北海道《ほっかいどう》へ旅立つ飛行機に彼が乗っている。

「うん、あの飛行機だと思う」

最近の私の日課は、大翔が操縦する飛行機の離着陸の時間が朝晩だったり、私が休みの日だったりすると、こうして展望デッキに見に来ることだ。大翔に毎日フライトの時間を聞いて、足繁く通っている。

大翔からは見えていないと思うけれど、彼が乗る飛行機が空に向かって飛び立つ時、手を振って見送っていた。

「大翔、空高く消えていったな」

「うん」

パイロットになるまで多くの訓練を積んできたとわかってはいるけれど、空の旅ではなにがあるかわからない。

だから無事に帰ってきますようにと、いつも祈ってしまう。

「さて、そろそろ帰ろうか」

「そうだな、店の開店に間に合わなくなる」

大翔の飛行機を見送って帰ろうと展望デッキを出たところで、急に雪乃さんが足を止めた。

「どうした、雪乃」

すぐに気づいた兄が駆け寄ると、雪乃さんはお腹を押さえてうずくまる。

「痛っ……どうしよう、陣痛が始まっちゃったみたい」

「なんだって⁉」

廊下に響く大きな声に、行き交う人が足を止めた。

「大変だ……！　ど、どうしたらいい⁉」

大パニックになる兄ほどではないが、私もどうしたらいいのかわからなくて立ち尽くしてしまう。そんな中、祖母だけが冷静だった。

「大変。桜花、時計をしていたね。雪乃さんの痛みが収まってから次の痛みが来るまでの時間を計ってちょうだい」

「う、うん、わかった」

祖母に言われた通り、見やすいようにベルトを外して腕時計を手に持つ。

「落ち着いたら安静にできる場所に移動するよ」

「は……い」

祖母は雪乃さんの背中を摩りながら、狼狽える兄を叱咤した。

「栄臣、父親になるんだからしっかりしなさい！」

「あ、あぁ！　悪い」

祖母に言われて落ち着いたのか、兄もしっかりと雪乃さんを支えた。

病院に電話をしたところ、陣痛の間隔はまだ長いものの、今、自宅ではなくて出かけ先ということもあり、すぐ病院に来ていいと言われた。

タクシーを呼んでから私と祖母は店があるため、雪乃さんを兄に任せた。

「栄臣、ちゃんと雪乃さんのサポートをするんだよ」

「わかった。店は任せたぞ」

「うん、お店のことは心配しないで、雪乃さんのことをよろしくね」

タクシーを見送り、祖母と一度帰宅をして準備をしてお店へと向かった。

「ありがとうございました。お気をつけてお帰りください」

ご贔屓さんを見送り、ひと息ついたところで時間を確認すると十六時を回っていた。客足も少なくなってきたので、祖母と早くに店を閉めようと決めた。

「まだ生まれてないみたい」

閉店作業を進め、戸締まりを済ませて急いでタクシーに乗り込んだ。そこで兄からの連絡を確認すると、一時間前にメッセージが届いていた。

「初産だしね、栄臣も生まれるまでに二日間もかかったんだよ」

「そうなの？」

雪乃さん、すごく痛そうだったのにあれが二日間も続くってこと？

妊娠初期からつわりがひどく、雪乃さんがつらそうにしているところも見ているため、改めて出産するということがどれほど大変なのか痛感する。

「もしかしたら今夜はまだ生まれないかもしれないね」

とりあえず様子を見にいって、まだかかりそうなら一度家に戻り、入院の準備などをしてこようとなった。

産婦人科医院に到着して雪乃さんの名前を告げると、対応してくれた看護師が笑顔で言った。

「おめでとうございます。つい先ほど元気な男の子を出産されたばかりですよ」

「え！　本当ですか⁉」

びっくりして祖母と顔を見合わせてしまう。

「はい、母子ともに健康です。今はご家族で過ごされているので、少々お待ちください」

「ありがとうございます」

看護師に案内された廊下の椅子に座っても、私も祖母も興奮が収まらない。

「どうしよう、おばあちゃん。手が震えてる」

「私もだよ」

もうすでに誕生していると聞いたら、早く会いたくてたまらない。少しして看護師に連れられて病室に入ると、雪乃さんが愛おしそうにタオルに包まれた赤ちゃんを抱いていた。

「おめでとう、雪乃さん」

静かに駆け寄って見ると、赤ちゃんは眠っていた。

「あらー、小さくて可愛いねぇ」

祖母は生まれたての曾孫にすっかりメロメロ状態。

「ありがとうございます。三二五〇グラムの元気な男の子です」

「よく頑張ったね、雪乃さん。お疲れ様」

労いの言葉をかけた祖母は、次にベッド脇の椅子に座って泣いている兄を呆れた様子で見る。

「栄臣はなにしてるんだい？　そんな子供みたいに泣いて」

「分娩室に入ってからずっとあんな調子で……」

苦笑いする雪乃さんの話を聞いて、その場面が容易に想像できる。兄は見た目のまんま涙脆い。出産時にはそれは大泣きしたんだろうな。

「仕方がないだろう？　あんな神秘的な場面を目の当たりにしたら、誰だって涙が止まらなくなる」

涙を拭い、兄は雪乃さんに向かって大きく頭を下げた。

「雪乃、俺たちの子供を生んでくれて本当にありがとう。そしてお疲れ様」

「栄臣……」

兄の言葉に、雪乃さんの目はみるみるうちに赤く染まっていき、涙が溢れた。

「私のほうこそだよ。……これまでずっと支えてくれてありがとう。今日からがまた大変だと思うけど、協力して大切に育てていこうね」

「あぁ、そうだな」

雪乃さんの涙を見て、兄もまた泣き出す。その姿に私も祖母ももらい泣きしてしまった。

この日の夜、面会時間ギリギリに大翔が病院に来てくれた。雪乃さんは出産の疲れがあって今はぐっすりと眠っている。

兄は最後まで赤ちゃんを眺めていたいと渋ったものの、明日は仕事。支障をきたさないように祖母が引きずって帰った。

私も帰ろうとしたところ、兄が赤ちゃんが生まれたことを大翔にメッセージで報告していたようで、急いで駆けつけてくれたのだ。

「可愛いな」

「うん」

ガラス越しに見える兄たちの子供に、私も大翔も視線が釘付けになる。

「これだけ可愛いんだ、栄臣、騒がしかっただろ？」

「もちろん騒がしかったよ。雪乃さんが言うには分娩室に入ってからずっと泣き続けていたらしいよ」

「栄臣らしいな」

あれから看護師に家族五人で写真を撮ってもらった。それから兄がこう言ったんだ。

『これから家族五人で、たくさん思い出を作っていこう』って。

兄も私も早くに両親を亡くし、家族みんなで過ごした思い出が少ない。だから自分に子供ができたら、数えきれないほどの思い出を作ってあげたいと兄は常々言っていたそう。

雪乃さんからこの話を聞いた時は、『栄臣に惚れ直しちゃった』と惚気られたけれど。……でも、兄の気持ちが痛いほど理解できた。

私もいつか結婚して子供が生まれたら、色々な場所に連れていって多くの時間を一緒に過ごしてあげたいと思っていたから。

それは甥っ子であるこの子に対しても同じ。叔母としてできることを全部してあげたい。

それこそみんなで旅行にも行きたいし、いつか……大翔と結婚する未来がきたら、全員で遠くに行きたい。そのためにも、私には乗り越えなくてはいけない壁がある。

「ねぇ、大翔。……今度、ロンドン便に搭乗するのはいつかわかる？」

「え、どうしたんだ急に」

突然聞かれた大翔はびっくりして私を見つめる。

「初めて飛行機に乗るなら、大翔が操縦するロンドン行きの便に乗りたいと思って」

「……待ってくれ、本気で言っているのか？」

「うん」

混乱する大翔に自分の思いを伝えていく。

「記憶を失っていると知ってから、通院して思い出の地を巡ったり思い出の品に触れたりしても、まったく記憶が戻らないでしょ？ でも飛行機に対するトラウマだけは少しずつ克服できてきている。だからまずは飛行機に対する恐怖心を完全になくそうと思って」

「いや、だからといってそんな急に乗ったりして大丈夫なのか？」

心配する大翔を真っ直ぐに見つめて続ける。

「もちろんお医者さんにも相談するつもり。でもね、お兄ちゃんと雪乃さんの子供が生まれて、これからみんなでたくさんの思い出を作っていきたいって思ったの。なにより大翔と色々な場所に行ってみたい」

いつも大翔が乗る飛行機を見送るんじゃなくて、一緒に乗って空に行ってみたい。

「忘れてしまった記憶を取り戻すことも大事だけど、でもそれ以上に今の私にとって大切なのは、大好きな人と過ごすこれからの未来だと思うの。思い出せない記憶より、新たな記憶を作っていきたい」

「桜花……」

私の話を聞き、大翔は大きく瞳を揺らした。

ずっと私が記憶を取り戻せるように協力してくれて、一心に愛してくれる彼のおかげで不安は消え、今の自分に一番大切なものはなにかわかった気がする。

トラウマを克服して、前に進むこと。そしてこれまで支えてくれた家族と大好きな大翔を幸せにすることだと思うの。

「だけどちゃんと治療は続けていくつもり。ただ、本当に焦らずにいこうと思うの。その分、トラウマだけは克服したくて。それで両親が飛行機から見たオーロラを私も見たいし、大翔とロンドンの綺麗な街並みを散策したい」

初めて飛行機に乗るなら、その夢も叶えたい。

「お願い、大翔。私を空に連れていって」

初めて空に行くなら、大翔と一緒がいいの。大翔が連れていってくれるなら乗れる気がするから。

その思いで言うと、大翔は小さく息を吐いた。

「俺だって桜花が初めて飛行機に乗る時は、絶対に俺が連れていくと決めている」

「だけど、まずは国内線からにしないか？　国際線はフライト時間が長いし、その分、空の上でなにかあってもすぐに地上に戻ることはできないんだ」

「じゃあっ……！」

大翔の言いたいことは十分理解できる。それでも、やっぱり私は初めて飛行機に乗っていくならロンドンがいい。

「わかってるよ。だけどね、オーロラを見たい、ロンドンの街並みを歩きたいって目標があるほうが乗れる気がするの。それにロンドンは両親が最後に乗った便でもあるでしょ？　同じ行き先に向かうことができたら、トラウマも克服できる気がするの」

どうにかわかってほしくて懸命に訴えると、大翔は両手を挙げた。

「わかった、降参だ」

「本当？」

「あぁ。だけど、医師と栄臣たちの了解を得てからだぞ？　それと少しでも搭乗前に怖いと思ったら乗らないでくれ。……フライト中、俺は桜花のもとへ駆けつけることはできないから」

「うん、わかった。ありがとう、大翔」

大翔が連れて行ってくれると言ってくれた。あとは家族と医者から許可をもらうだけだ。

次の受診日にさっそく医者に相談したところ、最初は難色を示されたが私の思いを聞いて許可を出してくれた。もちろん兄をはじめ、雪乃さんも祖母にも大反対されたが、大翔も一緒に説得してくれた。

大翔が「責任は俺がとります。だからどうか桜花の気持ちを一番に考えてあげてください」と言ってくれた時は、涙が零れてしまった。

まだ出会って一年も経っていないのに、ずっと一緒にいたように私のことを理解してくれる。そんな大翔に出会えて私は本当に幸せだと思う。

大翔が次にロンドン便に搭乗するのは、一ヵ月後だとわかった。その日に向けて私も飛行機に乗るために心の準備を進めていった。

この一ヵ月の間に、もしかしたら記憶が少し戻るかもしれないと思っていたけれど、そんなことはなかった。

病院にも二回通ったが大きな成果はない。でも幸いなことに頭痛の頻度は減っていた。飛行機に乗っている間も頭痛が起こらないことを祈るばかりだ。

そして迎えたロンドンへ向かう日の朝。私はすっきり目覚めることができた。

昨日のうちに新しいスーツケースの中に荷物をまとめて入れておいたから、あとは準備をして空港に向かうだけ。

乗るのは八時十五分発の便。二時間前には空港に着いていたいから五時に起床した。

この日はみんな早く起きてくれて、いつものように家族全員で食卓を囲んだ。そこには甥っ子の幸助《こうすけ》の姿もあり、兄と雪乃さんが交代で幸助を抱っこしながらご飯を食べるいつもの光景。それがなにより緊張を和らげてくれた。

「桜花、忘れ物はないよな？　パスポートや酔い止め、財布にスマホもちゃんと持ったか？」

「大丈夫、全部持ったよ」

まるで母親のように心配する兄のおかげで冷静になれる。

「それならいいが……。離陸する前だったらいくらでも引き返せる。無理だけはしないでくれ」

「うん、わかってる」

それは医者や大翔、家族みんなに何度も言われたことだった。私も他の搭乗者の迷惑にならないよう、少しでも無理だと思ったら諦めようと決めている。

大翔にロンドンに連れていってもらう機会は、この先たくさんあると思うから。

兄とともに、祖母と雪乃さんも玄関先まで見送りに出てくれて、それぞれ気をつけていってきてと声をかけられた。

そして、いよいよ出発しようとした時、兄が私の手をギュッと握った。

「俺としては記憶が戻らなくても、飛行機に乗れなくてもいいと思っている。ただ、元気で幸せになってくれたらいいんだ。だからだめだったとしても落ち込むことないからな？」

「ありがとう。でもさ、お兄ちゃん。さっきから私が飛行機に乗れないことを前提に話していない？」

「えっ！　いやいや、もちろん俺はロンドンに行けることを祈っているさ！　ただ、乗れないとしても落ち込むなってことを言いたいのであってな」

慌て出した兄に笑みが零れる。それは雪乃さんと祖母も同じ。

「わかってるよ。……お兄ちゃんが私のお兄ちゃんで本当によかった。ありがとう」

手を握り返して伝えた感謝の気持ち。言った後で恥ずかしくなり、手を離した。

「桜花……っ」

私の話を聞いてボロボロと泣き出した兄に、ますます羞恥心でいっぱいになる。

「もう、泣かないでよ」

「泣かせるようなことを言う桜花が悪い。……俺も桜花が俺の妹で本当によかったよ。

気をつけて行ってこい！」

「……うん！」

泣きながら手を振る兄や祖母、雪乃さんと幸助に別れを告げ、最寄り駅へと向かった。

もう何度も空港に行くためにモノレールに乗っているというのに、近づくにつれて緊張が増していく。

それは空港に着いてからさらに増していき、ロビーを歩きながら落ち着かせるように何度も大きく深呼吸をした。

だけどなかなか心臓の速さは落ち着いてくれない。ゆっくりと歩を進めるうちに、チェックインカウンターに向かう足が震え出した。

どうしよう、このまま飛行機に乗ったら迷惑をかけることになる。諦めるしかないのかな。

進むスピードが遅くなり、足が止まる。その時にスマホが鳴った。誰だろうと思って相手を確認すると大翔からだった。

嘘、大翔？　もうフライトの準備をしているところじゃないの？

とにかく通話に出ると、『あ、見つけた』と聞こえてきた。

「見つけたってなに？」

思わず聞き返すと、『うしろ』と言う。

言われるがまま振り返れば、そこには制服を着た大翔がいた。

「え？　大翔？　どうして……？」

突然現れた彼に驚きを隠せず、受話器を耳に当てたまま呆然となる。そんな私を見て大翔は笑みを零した。

『おはよう。大丈夫か？　体調は悪くないよな？』

「う、うん。大丈夫だけど……。それよりも大翔こそ大丈夫なの？　もう準備をしなくちゃいけないでしょ？」

心配で言えば、大翔は『フライト前に桜花にひと目だけでも会いたくて抜け出してきた』と言う。

それだけ大翔に心配をかけてしまっていたんだ。大切なフライト前なのに申し訳なくなって視線が下がる。すると大翔は私の手を握った。

『いよいよ今日だな』

「……うん」

ゆっくりと顔を上げれば、力強い瞳を向ける彼と目が合う。

『約束通り、俺がロンドンに連れていく。だから向こうで笑って会おう。そしてロンドンの街並みをふたりで散策しような』

そうだ、大翔と約束をしたよね。それにそれが私の願いでもある。私ってばなんで弱気になっていたんだろう。

「……うん！」

大翔との約束があるから乗れる。大丈夫、トラウマは克服できると信じよう。通話を切り、彼との距離を縮めた。

「実はさっきまでちょっと怖くなっていたんだ。……会いに来てくれてありがとう。もう大丈夫、乗れるよ」

「それならよかった。でも実際に搭乗してみて、無理そうだったらすぐに近くのＣＡに伝えるんだぞ」

「うん、わかってる」

今回、大翔が飛行機のチケットを手配してくれた。今はすべて電子化されているので、大翔から送られてきたチケットの情報を見て目を疑った。

だって彼が取ってくれた席はファーストクラスだったのだから。

萎縮してしまうと思ったけれど、チェックインカウンターは別にあって保安検査も並ばずに通過でき、広くて綺麗なラウンジで飛行機を眺めながら待つことができたから、乗るまで穏やかに過ごすことができた。

そしていよいよ搭乗開始時刻となり、ボーディングブリッジを進んで飛行機へと向かう。さっきまであんなに落ち着いていたというのに、いざ飛行機に乗るとなるとやっぱり緊張してきた。

自然と歩くスピードも遅くなっていく。次第に入口が見えてきて、緊張はさらに増した。

「いらっしゃいませ。お席へご案内いたします」

しかし客室乗務員に笑顔で出迎えられ、少しだけ緊張が解れる。

「松雪様ですよね？」

「あ、はい」

さすがはファーストクラス。席番号と乗客の名前をすでに頭に入れてあるんだと感心してしまう。

「上杉副操縦士より、ご事情をお聞きしました。どうかこのフライトが松雪様にとって大きな一歩になる素敵な旅になるよう、ご協力させてください」

まさか大翔が事情を説明してくれていたとは思わず、びっくりして立ち止まってしまった。するとすぐに気づいた客室乗務員は目を細めた。

「上杉副操縦士が、それはもう松雪様のことを案じられておりました。……とても愛されていて羨ましくなるほどです」

「あ……えっと……」

嬉しいやら恥ずかしいやらでパニックになる。だけどそっか、大翔が……。

「お席はこちらでございます。なにかございましたらなんなりとお申し付けください」

「はい、ありがとうございます」

テレビで何度か見たことがあるけれど、実際のファーストクラスの席は思った以上に豪華だった。

まるで個室のような造りになっていて、座席の座り心地も抜群。アメニティも充実しており、初めての空の旅は快適なものになりそう。

搭乗するまでは緊張でいっぱいだったのに、大翔のおかげで和らいだよ。

今の状態なら大丈夫だよね。緊張もしなくなったし、恐怖心もない。とにかく空への旅を楽しもう。

そう自分に言い聞かせて出発時間を待つ。そして、その時はついにやってきた。

客室乗務員が離陸前の最後の安全確認を行ない、飛行機はゆっくりと動き出した。窓の外からは、飛び立っていく飛行機が見える。あと少しで私が乗る飛行機も空を飛ぶんだ。

期待と不安で心臓の鼓動が速くなる。

ゆっくりと滑走路を進んでいた機体は停止し、大きなエンジン音が轟いた。そして次の瞬間、急加速で動き出す。

「きゃっ」

思わず小さな悲鳴が漏れる。大きな重力が身体に圧しかかり、目を閉じた。そして次の瞬間、なんとも言えぬ浮遊感に襲われる。

機体が浮き、目を開けて窓の外に目を向ければ空に向かっていた。

「すごい……」

機体は早いスピードで空へと進んでいき、すぐに街並みが小さくなっていく。まだ信じられないけれど私、飛行機に乗れているんだよね？　地上から離れて空に向かっているんだ。

ずっとトラウマでもう一生乗れないと思っていたのに……。

感無量になるも、すぐに雲の中に入ると機体はガタガタと音を立てて大きく揺れる。

だけど誰も騒がないということは、これが普通なの？　でも、こんなに揺れるもの？　自然と手に力が入ってしまう。

初めての経験にパニックになりかけたものの、少しして機体の揺れは少なくなってシートベルトサインのランプが消えた。

手の力も自然と抜け、ひと息ついたところで心配した客室乗務員がドアをノックして声をかけてくれた。

「失礼します、松雪様。先ほどの揺れは大丈夫でしたでしょうか？」

「はい、大丈夫です。ご心配をおかけしました」

「とんでもございません。なにか飲み物をお持ちしましょうか？」

「じゃあウーロン茶をお願いします」

「かしこまりました」

お礼を言うと「失礼します」と言って客室乗務員は離れていった。至れり尽くせりで申し訳なくなる。

小さなため息をひとつ零して窓の外に目を向けると、綺麗な青空が広がっていた。

「すごい、綺麗」

大翔が送ってくれた空の写真を見て綺麗だと思ったけれど、やっぱり自分の目で見るとさらに美しく見える。

しばし青空に目が釘付けになっていると、機内アナウンスが流れた。

『本日はご搭乗いただき、ありがとうございます。副操縦士の上杉です』

「え、大翔？　嘘」

アナウンスって機長がするものだと思っていたから、驚きを隠せない。

それから大翔は飛行ルートや飛行時間など、事細かに説明してくれた。彼の仕事ぶりを知ることができて嬉しくなる。

『皆様にとってこの空の旅が特別なものになることを祈っております』

あれ……？　この言葉、遠い昔に聞いたことがある気がする。

突如記憶が蘇って戸惑うものの、先ほどの客室乗務員がウーロン茶を持って戻ってきて、気が逸れる。おかげでいつもの頭痛には襲われず胸を撫で下ろした。

ウーロン茶に手を伸ばそうとすると、彼女が飲み物と一緒にメッセージカードを置いていったことに気づいた。

そこには大翔の字で〝素敵な空の旅を〟と書かれていて、心が落ち着いていく。

記憶が少しでも戻ったのはいいことだと思って、とにかく今は初めての空の旅を楽しもう。

それから空の旅は順調に進んでいった。機内食も美味しく食べられて、睡眠も取ることができた。他にも映画を見たりと空の旅を満喫する中、機体は雲の中に入り、CAによる機内アナウンスが流れる。

『ただいま、雲の中を飛行しているため、機体は大きく揺れておりますが飛行の安全性に問題はございません。ご安心ください』

アナウンスではそう言っているが、かなりの揺れだ。まさかこれほど揺れるとは思わず、一気に恐怖に襲われる。

『シートベルトは緩まないように、しっかりとおしめください』

どれくらいの時間、この揺れが続くのだろう。まさか両親のようにこの飛行機も事故に遭ったりしないよね？

不安と恐怖に手が震えはじめた時、再び機内アナウンスが流れた。

『ご搭乗の皆様にお知らせいたします。当機、雲の中を走行中のため揺れておりますが、先ほどのアナウンス通り安全性に問題はございません。あと十分、十五分ほどで雲の中を抜けるのでご安心ください。必ず皆様を安全にロンドンにお連れいたします』

明確な時間とともに、大翔の声で言われたからか手の震えが収まってきた。

それと同時に、幼い私と夢にいつも出てくる男の子が、パイロットごっこをしている場面が脳裏に浮かぶ。

その男の子は飛行機を操縦する真似をしながら、機内アナウンスをしていて、それを私が聞いていて……。

そこまで思い出したのに、肝心な男の子の顔が思い出せない。その間、アナウンス通り、しばらくすると雲を抜けた。

ホッと胸を撫で下ろして少し経つと、シートベルト着用サインが解除された。そして再び機内アナウンスが流れる。

『ご搭乗中の皆様、当機は雲を抜け、順調に飛行中です。ただいま、進行方向左手に大きなオーロラが出ております。お席を離れてもかまいません。ぜひご覧ください』

ちょうど私の席は向かって左側。すぐに窓の外に目を向けたら、緑色の光が見えた。

「あれがオーロラ？」

色に変化をつけてゆらゆらと揺れるのは、間違いなくオーロラだ。

「まるで生きているみたい」

写真だけでは知り得ることができなかった神秘的な光景に息を呑む。

亡くなった両親と大翔が見たオーロラまで見ることができて、なんて幸せだろう。

瞬きも忘れてオーロラを見つめていると、急に頭痛に襲われた。

嘘、どうして今?

だけど今回の頭痛はいつもとは違い、頭が割れそうなほど痛み出す。あまりの痛さに誰かを呼ぼうとした瞬間、頭の中にたくさんの記憶が入ってきた。

なに、これ……。まるで映画を見ているように流れる思い出のスライドたち。その中に幼い頃の私と男の子がいて、初めて顔を見ることができた。

この子、誰かに似ている。

見覚えのある男の子は、いつも私と一緒だった。初めて会った時は恥ずかしそうにしていて、弟のような存在だった。

だけど仲良くなるにつれて、パイロットになるっていう大きな夢を抱いていてすごいなって思ったんだ。よくパイロットごっこをして、私はいつもお客様の役に徹していたよね。彼が生き生きとパイロットの真似をするのが見ていて嬉しくなったんだ。

和田のわらび餅を家族ぐるみで食べに行った日のこと、黒蜜を零して上杉のおじさまに怒られて……。思わず笑っちゃったんだ。そうだ、そこで私があのハンカチを貸してあげたんだ。

他にもサウスパークで一緒に遊んだり、櫻坂のイルミネーションを見たり、桜並木でお花見をしたり。空港に行って飛行機を見てふたりで興奮したりもした。次々と思い出が溢れてくる。

結婚の約束もしていたよね？　それほど私はその子のことが好きで、一緒に過ごすのが楽しくてたまらなかった。

小学生になってからその子は意地悪なことをしたり言ってきたりするようになって、言い合いをよくしていたよね。……そう、今の私と大翔の関係のように。

「大翔だったんだ」

失っていた記憶は、彼――、大翔のことだった。彼と出会ってから、両親が亡くなるまでの数年間の記憶。一気に記憶が戻ったからか、まだ頭痛がするものの、私の瞳からは涙が溢れて止まらなくなる。

ずっと忘れてしまっていたのは大翔のことだったんだね。どうしてあんなに好きだった人のことを忘れていたことに気づかなかったのだろう。

そもそもなぜ大翔のことだけを忘れてしまったの？　彼はどんな気持ちで今まで過ごしていた？

お見合いで会った日のことを思い出すと、胸が苦しくてたまらない。

大翔はずっと私のことを想い続けてくれていたと自惚れてもいいのかな？　だからお見合いの日に会ったばかりだと思っていた私と結婚したいと言ってくれたんだよね。

大切な人との思い出の場所だと言っていたサウスパークも、私とよく遊んだ場所だから？　大翔と交わした言葉、一緒に行った場所、思い出せば思い出すほど彼の愛が感じられてつらい。

そこからロンドンまでの五時間あまり、私は涙が止まらなくて、着陸した時にはすっかりと目が腫れてしまっていた。

心配する客室乗務員に「お世話になりました、ありがとうございました」と告げて、急いで到着ゲートへと向かう。

パイロットである大翔が出てくるのは最後だとわかっているけれど、待たずにはいられなかった。

本当は大翔とはこの後、空港近くのホテルで待ち合わせをしていた。

長時間の移動で疲れているだろうからと私の身体を心配し、休んで待っていていいと言ってくれたのだ。

でも記憶を取り戻した今は、早く大翔に会いたい。会って謝ってありがとうって伝えて……とにかく言いたいことがたくさんあるから。

今か今かと彼の姿を待つ。客室乗務員が出てきてから少し経った頃、ついに大翔の姿が見えた。

彼を目にしたら、私は大翔に向かって駆け出していた。

「大翔！」

私の大きな声に気づいた大翔は、目を丸くさせた。

「桜花……？」

大翔への想いが溢れて、勢いそのままに抱きついた私を彼は優しく抱きとめる。

「びっくりした、どうしたんだ」

いつもの私らしくない行動に彼は困惑している様子。そんな大翔に早く伝えたくて勢いよく離れた。すると私の顔を見た彼は目を大きく見開いた。

「どうしたんだ、その目は。やっぱり怖かったのか⁉」

焦って聞いてきた大翔に対して、私は首を左右に振る。

「違うの。大翔のせいなの」

「俺のせい？」

困惑する彼に笑みが零れる。

「そう、大翔のせいだよ。私が記憶を失ってもずっと好きでいてくれた大翔のせい」

「それって……まさか桜花、記憶が……？」

恐る恐る聞いてきた彼に、私は再び抱きついた。

「夢を叶えたんだね、おめでとう大翔。……ずっと忘れていてごめんね」

そのひと言で私が記憶を取り戻したと理解した彼は、力いっぱい抱きしめた。

「そうだよ、桜花と交わした約束だったから頑張ってパイロットになったんだ」

「うん。……本当におめでとう。すごいよ」

「そうだろ？」

あまりに大翔が得意げに言うものだから、思わず笑ってしまった。でもせっかく止まった涙がまた溢れ出す。それに気づいたのか、少し距離を取って彼は私の顔を覗き込む。

「思い出してくれたなら泣くことないだろ？」

そう言う大翔だって目が赤くなっている。

「泣くに決まってるじゃない。だって私、ずっと大翔のことを忘れていたんだよ？」

「それは仕方がないことだったんだ。桜花が気にすることじゃない」

「気にするよ」

次々と溢れる涙を彼は優しく拭う。

「俺は絶対に桜花がこうして俺のことを思い出してくれると信じていた。たとえ思い出してくれなかったとしてもずっとそばにいるし、また一から関係を築いていけばいいいと思っていたんだ」

大翔の愛がひしひしと伝わってきて胸が苦しい。

「本当にありがとう、大翔」

「こっちこそ俺のことを思い出してくれてありがとうな」

見つめ合ったまま、どちらからともなく笑みが零れる。すると大きな咳払いが聞こえた。

「んんっ。キミたち、俺がいることを忘れてないか？」

驚いて声のしたほうに目を向けると、大翔と一緒に出てきた男性が気まずそうに私たちを見ている。大翔と同じ制服を着用していて、ラインが四本ということは機長だろうか。

そこでやっとここが公衆の面前だということを思い出して、慌てて大翔から離れた。すっかり注目を集めていたようで恥ずかしくなる私とは違い、大翔は周りの視線を気にしていない様子。

「すみません、会沢さん。お先に失礼します」

何事もなかったように私の肩を抱いて歩き出そうとした大翔を、会沢さんは慌てて引き止めた。

「ちょっと待て上杉。その子が桜花ちゃんなんだろ？　ちゃんと俺にも紹介してくれ」

「嫌ですよ」

「おい、俺は既婚者だぞ？　心配無用だろうが」

「それでも嫌なんです」

やり取りを見るに、ふたりの仲はだいぶよさげ。それにこんな大翔は初めて見たから新鮮だ。もっと軽快なふたりのやり取りを見ていたいところだが、大翔の上司に当たる会沢さんに私としてもちゃんとご挨拶をしたい。

それを伝えると大翔は渋い顔をしながらも私を紹介してくれた。

「会沢さん、すごくユーモアがあって素敵な人だったね」

「そうか？　まぁ……俺もパイロットとしては尊敬しているけど」

あれから私たちは一度ホテルに荷物を置いて、街へと出かけた。ちょうど夕陽が沈む頃でどうしても見たかったビッグ・ベンへと向かった。

沈む夕陽とビッグ・ベンは幻想的で息を呑む美しさだった。陸橋の上で眺めながら、ふと会沢さんの話題を出すと大翔は眉根を寄せた。

「もう会沢さんの話は終わり。……せっかく桜花の記憶が戻ったんだ。懐かしい話をしよう」

「いいね」

それから私たちは手を繋いでロンドンの街を散策した。その道中、私が思い出した記憶の答え合わせをしていく。

「私、ずっとお兄ちゃんが和田でわらび餅にかかった黒蜜を零したと思っていたけど、あれは大翔だったんだね」

「それは思い出してほしくない記憶だったな」

「ふふ、だから上杉のおじさまはあの時私のハンカチを返してくれたのかな」

すると大翔は「ちょっと待ってくれ」と焦り出した。

「まさかじいさん、俺の部屋から勝手にあのハンカチを持っていったのか？」

「勝手にってことは、大翔は知らなかったの？」

「あぁ、今初めて知った。なんだよ、桜花が思い出したら俺から直接返そうと思っていたのに」

あからさまにがっかりする大翔には申し訳ないけれど、その姿が可愛い。

「なんて言って私に返そうと思ったの？」

たしかあの時、零して怒られたことが恥ずかしかったのか、大翔は私が差し出したハンカチを奪うように取ったよね。

「それはわかるだろ？　……あの時、ちゃんとお礼が言えなくて悪かったたって謝ろうと思ったんだ」

「……そっか」

それからも私たちは、一緒に過ごした日々の懐かしい話が尽きず、夕食を食べている間も止まらなかった。

「明日は大英博物館《だいえいはくぶつかん》とウェストミンスター寺院を見に行って、それから『オペラ座の怪人』を鑑賞するんだよな」

「うん、せっかくだからロンドンを満喫したい」

ホテルに到着し、部屋の前で足を止める。

私がゆっくり休めるようにと気遣い、大翔は二部屋取ってくれていた。だから今夜はそれぞれ違う部屋で眠る。

「それじゃまた明日の朝、七時にロビーで」

「うん、おやすみなさい」

大翔は明日の休みを挟んで、また帰国の便のフライトが控えている。その貴重な休みの明日も観光に付き合ってくれるんだもの。彼だってゆっくり休むべきだ。

ドアノブに手をかけ部屋に入ろうとしたものの、なかなか一歩が出ない。

私の気持ちが追いついたら抱くって言ったよね？　記憶は戻ったし、ずっと想い続けてくれたという彼の気持ちが嬉しくて、もっと一緒にいたい。

たくさん触れてほしいと思うのは、はしたないことだろうか。私から誘ったら嫌われてしまう？

様々な考えが頭の中を巡っていく。だけど、大翔は今まで記憶のない私に想いを伝え続けてくれた。だから今度は私の番じゃないだろうか。

恥ずかしい、嫌われるかもなんて思わず、自分の思いを素直に伝え続けるべきだ。

小さく深呼吸をして彼の部屋へ向かおうと歩き出したが、すぐに足が止まる。

とっくに部屋に入っていると思っていた大翔が、ドアに寄りかかって私を待っていたのだから。

「え、大翔？」

驚く私に向かって彼は両手を広げた。

「よかった、このまま俺のところに来てくれなかったらどうしようかと思った」

「なによ、それ」

なんて悪態をつきながらも、私は彼の胸の中に飛び込んだ。

「もう大丈夫。私の気持ちは大翔に追いついたよ。だからもっと一緒にいたい」

「あぁ、俺もだ」

そう言うと大翔は軽々と私を抱き上げ、部屋のドアを開けて中に入る。明かりを灯した彼は真っ直ぐにベッドルームへ向かった。心臓が高鳴る中、大翔は優しく私をベッドに下ろす。そしてすぐに覆い被さってきた。

「桜花……」

愛おしそうに私を見つめる彼の瞳に胸が震える。

初めてで緊張するけれど、それ以上に大翔に触れてほしくてたまらない。

「大翔」

名前を呼びながら腕を伸ばして彼の首に回す。大翔が近づいてくるスピードに合わせて瞼を閉じた。

触れるだけのキスを何度もされ、そのたびに胸がきゅんとなる。だけど次第に物足りなさを感じたのを察したのか、大翔は「フフ」と笑みを零した。

すぐに彼の舌が口の中に入ってきて、私の舌を搦めとる。きつく吸ったり、コロコロと舐められたりされて甘く痺れるほどに。

どれくらいの時間、キスを交わしていただろうか。いつの間にか大翔の手が私の服を捲って腹部に大きな手が直に触れた。

「ひゃっ」

思わず悲鳴にも似た声を上げれば、大翔は「可愛い」と言って首に顔を埋める。熱い舌が首筋を這っていき、大きな手は下着越しに胸に触れ、甘い声が漏れてしまう。

「やっ……。恥ずかしい」

自分の声とは思えなくて羞恥心でいっぱいになり、手で顔を覆った。

「どうして？　俺は嬉しいよ。ちゃんと気持ちよくなってくれている証拠だろ？　それにこれだけで恥ずかしいって思われたら困る。……もっと桜花が恥ずかしいことをするんだから」

宣言通り大翔は優しく私の身体を撫で、そして解すように身体中を彼の熱い舌が這う。お互いに一糸纏わぬ姿で抱き合い、身体の隅々まで見られて恥ずかしくてどうしようもなくて、泣きそうになってしまった。

息も途切れ途切れになりながら、不安を口にした。

「ねぇ、大翔……私、変じゃない？」

さっきからずっと声も、全身の甘い痺れも止まらない。まるで自分の身体ではない感覚にちょっぴり恐怖を抱くほど。

だけどなにより怖いのは、こんな淫らな私を見て大翔が嫌いにならないかだ。

思わず聞いてみたところ、大翔は私の一番敏感な場所から顔を上げた。

「変じゃないよ。さっきも言ったけど嬉しいよ。こんなに俺の愛撫で感じてくれているんだから」

私を安心させるように言って大翔は自分の太い指を私の中に挿れた。

「んんっ」

「無駄な心配していないで、桜花はただ気持ちよくなっていればいい。……痛い思いは絶対にさせないから」

それから私は彼に身を委ね、与えられる快楽に酔いしれた。


「ん……朝？」

眩しい日差しに目が覚めると、部屋の中はすっかり明るくなっている。しかし少し身体を動かしただけで鈍い痛みに襲われ、昨夜の情事が鮮明に蘇った。

隣からは規則正しい寝息が聞こえてきた。起こさないようにゆっくりと身体の向きを変え、気持ちよさそうに眠る彼の寝顔を見つめる。

よく初めては痛いだけだって聞くけれど、そんなことはなかった。でもだからといって初めてなのに何回もするってどうなの？　普通なの？　なにもかもが初めての経験だからわからない。

「少しは我慢してくれてもよかったんじゃない？」

寝ているのをいいことに、いつもからかわれている仕返しとばかりに彼の鼻をつまんだ。少しして大翔は眉根を寄せる。

「んっ」

息苦しさを覚えたのか目を開けた彼は、寝起きはいいほうらしくすぐに状況を理解したようだ。

「桜花、俺の鼻をつまんだだろ？」

「え？　すごい、わかったの？」

「あぁ。お返しだ」

「ひゃっ」

そう言うと大翔は私の頰をつまんだ。

「い、いひゃい」

頰が伸びた私の顔を見て大翔は笑うのだからひどい。

「朝から痛いんですけど」

「それは俺の台詞だ。鼻が痛い」

「だっていつもやられてばかりだから、たまにはお返しをしようと思ったんだもん」

「可愛く言っても許さないぞ」

大翔は思いっきり私を抱きしめた。

「もう、ちょっと大翔?」

「もう少しこのまま。……いいな、目覚めてすぐに桜花に会えるって」

それは私も同じだ。朝一番に会えるのが大翔だなんて、すごく幸せ。

「だけど、甘い一夜を過ごした次の日の朝、さっそく言い合いするっていうのが俺たちらしいな」

「たしかに」

抱き合ったまま、どちらからともなく笑ってしまう。

「でもこれが俺たちらしくていいと思わないか?　子供の頃と変わらず言い合いをして、これからもずっと一緒に楽しく幸せに過ごしていこう」

「……うん」

大翔とは私も今のままずっと笑い合って過ごしていきたい。

お互いのぬくもりを確かめるように抱き合っていたものの、衣服は纏っておらず、直に肌のぬくもりを感じて昨夜のことを思い出してしまう。

それは大翔も同じだったようで、固いものが当たって身体中に熱が帯びる。

「ひ、大翔……」

たまらず彼の名前を呼んだ瞬間、荒々しく唇を塞がれた。

「んんっあっ……」

「ごめん、桜花。もう一回」

「もう一回って……あぁっ」

その後、大翔が約束を守ってくれることはなく、歩けなくなるほど抱かれ、楽しみにしていたロンドン観光はまた次回に持ち越しとなってしまった。

世界で一番幸せにする

大翔とお見合いしてから一年と二ヵ月が過ぎ、今年も桜が咲く季節がやってきた。

「あー！　おーちゃ！」

「ふふ、待って幸助。危ないから手を繋ぐよ」

櫻坂には桜並木があり、周辺では有名なお花見スポットだ。毎年桜が満開の時期には多くの花見客が訪れている。

今は朝の七時半ということもあって人通りは少ない分、ゆっくり幸助と桜を見ることができる。

「ママとパパは明日には帰ってくるからね」

昨日から兄と雪乃さんはふたりっきりで旅行中。それというのも、家事に子育てに仕事の繁忙期が重なり、雪乃さんは満身創痍状態だったからである。

幸助を身籠ってからふたりで遠出もしておらず、せっかくの機会だからと私と祖母でふたりに旅行をプレゼントしたのだ。

両親がいない夜、幸助が大丈夫か心配だったが、すっかりと私に懐いてくれているおかげで泣くことはなかった。

旅行先でもそれが心配だったようで、何度も兄と雪乃さんから連絡がきた時は、祖母と「これじゃ楽しめていないよね」と笑ってしまった。

今回、ふたりを旅行に送り出せたのは半年前から入った従業員の存在が大きい。募集に対してあれから五人の応募があったのだ。兄は思い切って三人採用し、私と兄は従業員に店を任せて展示会やイベントへの出店に力を入れることができている。

そんな店の様子を見た祖母はもう私たちに松雪屋を任せられると判断したようで引退した。今は数ヵ月に一度海外旅行に出かけて楽しい日々を過ごしているようだ。

私はというと、つい先日夢に近づく大きな話が舞い込み、迷っていた。

飛行機へのトラウマを克服した私はこの一年間の間に二度、海外で開催された展示会に出展した。

そこでロンドンにビルを所有するオーナーと出会い、ぜひ着物のセレクトショップを出店してみないかと声をかけられたのだ。

海外で着物文化を広めたいと夢を抱いていた私にとって、こんな光栄な話はない。兄たちからもせっかくのチャンスをものにしたほうがいいと後押しされたけれど、どうしてもすぐに返答することができなかった。

「おーちゃ、あ！　あ！」

一歳になった幸助は随分と多くの言葉を話すようになった。まだ片言だけれど、ちゃんと意味が伝わってくる。

私のことを〝桜花ちゃん〟と呼びたいようだがまだ言えず、「おーちゃ」って呼んでくるが、それが可愛くてたまらない。ずっと「おーちゃ」でもいい気がするほどに。

幸助は落ちている桜の花びらを指差している。

「うん、桜だよ。綺麗だね」

「ねー」

私の真似をして首を傾げる姿が世界一可愛い。

大翔も私同様、すっかり幸助にメロメロになっている。幸助も大翔に懐いていて、「ひー」って呼ぶのだ。

それがまたツボらしくて、大翔は呼ばれ始めた頃は何度も悶えていた。

大翔との交際は順調で、お互いの夢を追い求め、切磋琢磨しながら仕事に取り組んでいる。そんな中で一緒に過ごせる時間を大切にしているし、かといって仕事が立て込んでいる時は無理をして会うことはしない。その分、会った時はめいっぱいふたりの時間を楽しむと決めていた。

大翔と一緒にいると幸せで、彼はいつも私に全力で愛を伝えてくれている。それが恥ずかしくもあるが、嬉しくて幸せな気持ちで満たされる。私も同じくらい好きだと伝えているつもりだが、大翔曰く、まだまだ私の愛は足りないらしい。

そんな彼が幸助と一緒にいる姿を見ると、子供の扱いが上手で好きなんだろうなってわかる。デート中も迷子の子供がいたら走って駆け寄り、優しくあやしていた。

彼の家族との関係も良好だ。何度かお邪魔させてもらっている。記憶を取り戻してから初めて訪れた際は、彼のご両親は泣きながら喜んでくれた。

上杉のおじさまとも、以前よりも仲良くさせてもらっている。そして会うたびに、うちの家族もだけれど大翔との結婚をそれとなく話題に出すようになった。

いや、当然の流れだと思う。現に私たちはお見合いをしたわけだし。なにより幼い頃に結婚の約束までしていたのだから。

もちろん私だっていつか大翔と結婚して、子供を授かりたいという気持ちがある。

でもそうなるとロンドンへの出店が難しくなる。

結婚したらパイロットとして世界中を飛び回る大翔を支えてあげたいと思うし、仕事も続けていきたい。

でもそれは国内で生活する前提の話だ。ロンドンへ出店となったら、しばらくはロンドンが拠点となるだろう。

遠距離になってしまうし、迷惑をかけることになるもの。だからすぐに返事をすることができなかったんだ。

だけど、いつまでも大翔に相談しないわけにはいかない。今度時間を作って会う約束をしている。ちゃんと彼に自分の気持ちを伝えよう。


「幸助ー！　元気だったか？」

帰ってくるなり幸助のもとへ駆け寄ってきたが、幸助は私の膝の上でブロック遊びに夢中で手で邪魔しないでというように兄の顔を押した。

「どうした？　一日ぶりのパパだぞ、嬉しくないのか？」

ショックを受ける兄に苦笑いしながら、雪乃さんが「ただいま、幸助」と声をかけると、すぐさま反応した幸助は私の膝から降りて雪乃さんに足にしがみついた。

「マーマ！」

やっぱりママは世界で一番のようだ。

「幸助、パパは？」

「ママ！」

笑顔でママと答えた幸助に対し、祖母は声を上げて笑う。

「アハハッ！　どうやら幸助の中で一番はママで二番目が桜花のようだね」

「なぜだ、幸助！」

本気で落ち込む兄に、みんな笑ってしまった。

それから五人で食卓を囲み、兄たちから旅行の思い出話を聞かせてもらった。

「ばあちゃん、桜花。本当に貴重な時間をプレゼントしてくれてありがとうな」

「久しぶりに栄臣と楽しい時間を過ごすことができました」

ふたりに喜んでもらえて、本当によかったと思っていたところで玄関のチャイムが鳴った。

「誰だろう、こんな時間に」

兄が立ち上がって玄関へと向かう。

少しして玄関から「おぉ、大翔じゃないか！」と聞こえてきた。

嘘、大翔が来たの？　たしかに彼と会う約束をしてその時に出店の話をしようと思っていたし、それまでにどうやって伝えるか考えようと思っていいのに。

玄関まで迎えに行った兄とともに大翔が部屋に入ってきた。

「久しぶり、桜花」

「……うん、久しぶり」

大翔と会うのは十日ぶり。出店の話があるから、ちょっぴり気まずさを感じてしまう。それをすぐに察知したようで、大翔は私の隣に腰を下ろした。

「どうかしたのか？」

「あ、ううん。なんでもないよ」

とは言うものの、なにかあるとバレバレなようで彼は顔をしかめる。

「いや、なにかあった顔だろ。どうしたんだ？」

心配している彼に、いよいよなんて答えたらいいのかわからなくなる中、兄が声を上げた。

「桜花はどうやって大翔を驚かせようかと迷っているんじゃないか？」

「どういうことだ？」

聞き返した大翔に対し、兄は意気揚々と続ける。

「それは俺の口からは言えないさ。さぁ、桜花。話してやれ」

兄なりにロンドン出店の話が来ているというおめでたい話を打ち明けるよう、ナイスなアシストをしたと思っているだろうけれど実際は違う。

こんな形で伝えるつもりはなかったし、もっと考えてから言いたかったのに。

すると雪乃さんが兄の肩を強く叩いた。

「痛っ！　急にどうした雪乃」

「栄臣は黙ってて」

雪乃さんが厳しい口調で言うと、すかさずママの真似をした幸助が「めっ！」と言って兄の足を叩いた。

「幸助まで……」

意気消沈する兄を無視して、雪乃さんは私を見つめる。

「桜花ちゃん、大翔君と夜桜を見てきたら？　今ちょうどライトアップしていて綺麗みたいだよ」

「あ……うん。いいかな？　大翔」

こうなったら伝えるしかない。だったらせめてふたりっきりがいい。雪乃さんに感謝して大翔に確認すると、大翔も「見に行こう」と言ってくれた。

ふたりで家を出て櫻坂へ向かうも、言葉が出てこない。それでも家を出た時から手は繋がれていて、彼の大きな手のぬくもりに次第に心は落ち着いていく。

いつかは話そうと思っていたんだ。だったら早いほうがいい。

しかし、櫻坂は多くの夜桜の見物客で溢れていて、ゆっくり話ができる場所ではなかった。すると大翔はサウスパークに行こうと言ってくれた。

サウスパークにも桜の木はあるものの、櫻坂ほどではない。花見客もまばらだった。

静かな場所を探して歩を進め、人影が少ないベンチに並んで腰を下ろした。

「それで、なにがあったんだ」

さっそく本題を切り出した大翔に、思い切って打ち明けた。

「うん、あのね。実は前に海外で展示会をした時に来てくれた人から、ロンドンのビルでセレクトショップを出店しないかって声をかけられたの」

どう思っただろうか。すぐに返答がない大翔の反応が気になる。チラッと彼を見れば、目を丸くさせていた。

「すごいじゃないか、おめでとう」

しかし次の瞬間、顔をクシャッとさせて自分のことのように喜んでくれた。

「本当にすごいな。声をかけられるなんて。きっと桜花の海外で着物文化を広めたいって思いをわかってくれたんだろう。いつ頃出店とか具体的に決まっているのか？」

「ううん、それはまだで……。その、実は返事もしていないんだ」

あまりに大翔が喜んでくれたから戸惑いながらも答えると、「どうして？」とすかさず聞いてきた。

「ずっと夢だったんだろ？　飛行機にも乗れるようになって問題はないはずなのに。せっかくのチャンスなのに……」

理解できないと言わんばかりの大翔に、胸の内を明かした。

「だって受けたらしばらくはロンドンで生活することになるんだよ？」

「それはそうだろ」

「何年もかかるかもしれない。そうなったら簡単に会えなくなるし、結婚して子供を授かるのも遅くなるんだよ？　家族はみんな私たちの結婚を望んでいるし、大翔、子供が好きでしょ？　それなのにいいの？」

彼の本音が聞きたくて切り込むと、大翔は目を細めて愛おしそうに私を見つめた。

「なんだよ、それ。桜花はそんなに俺と早く結婚したかったのか？」

「えっ！　いや、その……！」

違うと否定しようとしたが、すぐに言葉を飲み込んだ。彼といつか結婚したいと望んでいるのは間違いないから。

「それに子供のことまで考えてくれていたんだな。……嬉しいよ、すごく」

大翔がしみじみと嬉しそうに言うものだから、なんて答えたらいいのかわからなくなる。すると彼はギュッと私の手を握った。

「子供の頃に俺と結婚の約束をした時のことを覚えているか？」

「……うん」

思い出した今、もう一生忘れたくない記憶になっている。

「その時にさ、俺がパイロットになったらって言っただろ？　それは今の副操縦士の俺じゃなく、機長になって初めてパイロットになれたって言えると思うんだ。それになにより、桜花の夢も応援したい。だからお互いの夢が叶うまでは桜花にプロポーズはしないつもりだった」

「そう、だったんだ」

大翔は大翔なりにちゃんと考えてくれていたのに、ひとり勝手に暴走して恥ずかしい。

「それに桜花とは死ぬまで一緒にいるつもりだ。結婚するのはお互いの夢を叶えてからでも遅くはないと思う。まぁ、本音を言えば早く桜花を嫁にして俺のものだって証明して、可愛い子供をたくさん授かりたいところだけど。……これから先の人生は長いんだ、まずはお互い夢を叶えよう」

「大翔……」

本当に恥ずかしいな。大翔はちゃんと私のことも考えてくれていたのに。それなのに勝手に家族が言うからとか、大翔は子供が好きだからとか理由をつけて、早く結婚するべきでは？と焦ってしまった。

「そのほうが子供ができた時に、胸を張って俺たちは好きな仕事に就いて夢を叶えたんだって言えるだろ？　それって最高にカッコいいと思わないか？　それに俺、待つのはかなり得意なんだ」

大翔らしい話に笑みが零れる。

「うん、カッコいいね。……それと、今度は大翔だけを待たせないよ。私も大翔が夢を叶えるまで待つからね」

「……あぁ」

彼の手を握り返し、そっと肩に身体を預けた。

「じゃあお互いの夢を叶えたら、大翔は私にプロポーズしてくれるの？」

「もちろん。一生忘れられないプロポーズをしてやるから楽しみにしてろよ」

「絶対だからね？」

「あぁ、約束だ」

顔を見合わせて笑い合った後、将来を誓うように甘い口づけを交わした。

次の日、私はさっそくセレクトショップ出店への返事をした。向こうも喜んでくれて、すぐにロンドンに来てほしいと言ってくれた。

とはいえ、すぐに長い時間店を開けるわけにはいかず、引き継ぎをしながらロンドンと日本を行き来して開店準備を進めていった。

それからは本当に時間が経つのがあっという間だった。

ロンドンに移り住んで出店に向けて忙しくなってくると、大翔と会える時間は極端に減り、連絡頻度も減っていった。

寂しくはあったけれど、大翔も頑張っていると思うと乗り越えられた。

それに大翔は上司に頼んで月に一度は国際線のロンドン便をシフトに入れてもらい、ふたりで丸一日甘い時間を過ごすことができていた。

それぞれの近状報告をしながら肌を寄せ合い、愛を確かめ合う。そんな幸せな時間があったから離れていても頑張れたんだと思う。


多くの季節を離れて過ごして数年――。私は羽田空港発、ヒースロー空港着の便に搭乗していた。

相変わらず過保護な大翔は、仕事の疲れを機内で癒せるようにとファーストクラスを手配してくれた。おかげで毎回快適な空の旅ができている。二年前にロンドンに出店したセレクトショップは口コミで評判が広まり、大盛況となっている。

今ではイギリス国内に五店舗、さらにアメリカやイタリアなど世界六か国に出店していて、今後も増えていく予定だ。

つい最近、私は日本の雑誌に着物文化を広める著名人として紹介され、さらなる反響を呼んでいる。

すっかりと松雪屋の若旦那が板についた兄から、雑誌を見たという若い人が多く松雪屋に来てくれているという話を聞いた。五歳になる幸助も店に立っていて、未来の若旦那として大人気だとか。

そして二年前、新たな家族が増えた。兄と雪乃さんの間に元気な女の子、愛華《あいか》が誕生したのだ。もう兄は幸助が生まれた時以上にデレデレで、幸助は「パパ気持ち悪い」と言っていた。家族のことを思い出すと、自然と頬が緩んでしまう。

少しして機体の揺れも安定し、シートベルトランプが消えた。

「そろそろかな？」

機長として初めてのフライトでの彼の機内アナウンスを待つ。すると少ししてアナウンス音が鳴った。

『本日羽田空港発、ヒースロー空港着の便にご搭乗いただき、誠にありがとうございます。機長の上杉です』

始まった大翔のアナウンスに耳を澄ませる。まずは飛行状況の説明から始まり、そして大翔は『ここからは個人的なお話になり、申し訳ないのですが』と切り出した。

『私にとって本日が機長になって初めてのフライトとなります。この日を迎えるまで多くの苦労がございました。……それらを乗り越えることができたのは、愛する女性に機長になったらプロポーズするという目標があったからです』

え、嘘。待って。もしかして……。

機内がざわざわと騒がしくなる中、大翔は続ける。

『記念すべき初フライトに彼女も搭乗してくれました。だから言わせてください。桜花、今日までありがとう。だからこそ世界で一番幸せにする。どうか俺と結婚してください』

シンプルなプロポーズの言葉に涙が込み上げる。

『約束通り忘れられないプロポーズをしたんだ、イエス以外は受け付けないからな』

大翔らしい言葉に笑いながらも涙が零れ落ちた。

「もう、大翔ってば私が断るとでも思っているの？」

『ご清聴いただき、ありがとうございます。ヒースロー空港まで快適な空の旅になるよう、安全に皆様をお送りいたしますのでどうぞよろしくお願いいたします。ご搭乗いただき、誠にありがとうございます』

機内アナウンスが終わってからも、機内はしばらく騒々しかった。

約十五時間のフライトを終えて着いたヒースロー空港の到着ロビーで、私は大翔を待っていた。

そういえば両親が亡くなってから初めて飛行機に乗った時、記憶が戻ってこうしてここで大翔のことを待っていたよね。それがつい最近のことのよう。あれからもう五年近くになるんだ。

あの時、彼が着用していた制服のラインは三本だったけれど、機長になった今は四本入っている。その制服を着用した彼が出てきた。

「大翔！」

私の声に気づいた彼は一緒にいた副操縦士に声をかけ、駆け寄ってきた。私も急いで彼のもとへ向かう。

「機長としての初めてのフライト、お疲れ様」

「ありがとう」

そう言うと大翔は帽子を脱ぎ、急に跪いた。

「ちょっと大翔？」

突然のことになにごとかと注目が集まる中、大翔はポケットの中から小さな箱を手に取った。

「さっき言ったように、世界で一番幸せにすると誓う。……松雪桜花さん、俺と結婚してくれませんか？」

熱い眼差しを向けられて放たれたプロポーズの言葉に、飛行機の中でたくさん泣いたというのにまた目頭が熱くなっていく。

大翔は疑問形で聞くけれど、答えなんてひとつしかないじゃない。

私は彼から箱を受け取り、「はい！」と力強く返事をした。

すると大翔は立ち上がり、私の腰に腕を回して抱き上げた。

「わっ⁉　大翔、これは恥ずかしいから」

「無理。桜花が俺の嫁になるってみんなに自慢したいから」

「自慢って子供みたいなこと言わないで」

なんて言い合いをしている間に多くの人が集まっていて、大きな拍手が送られた。

照れ臭くなるも嬉しくて、幸せな気持ちで溢れた。

帰国後、私たちはすぐにお互いの家族に結婚を報告した。するとこの時を待ち望んでいた家族たちは私たち以上に張り切り、結婚の話を進めていった。

多忙な私たちに代わり、結婚式場の手配から参列者の選定までしてくれたのだ。

そして大翔からプロポーズされてからわずか半年後。私は純白のウエディングドレスを着て、兄とともに教会のドアの前に立っていた。

「なんか今日まであっという間で、結婚式を挙げるって実感が湧かない」

「なに言ってるんだ、こんな感動的な場面で」

まだ入場もしていないというのに、すでに兄は大号泣していた。

見かねたリングボーイとガールをお願いした幸助と愛華が、兄の足をトントンと叩く。

「パパ、しっかりして」

「しなさい！」

ふたりに言われ、ますます兄は涙が止まらなくなる。

「ふたりもこんなに立派になって……っ！」

だめだ、今日の兄はなにを言っても泣いてしまいそうだ。どうにか入場する前に泣き止んだ兄は、式場スタッフにティッシュをもらって鼻をかむ。

「よし、もう大丈夫だ」

「それはよかった」

少しして教会の中からパイプオルガンの音色が聞こえてきた。そろそろ入場するかと思うと緊張が走る。

「桜花、本当におめでとう」

「え、今それを言うの？」

絶妙なタイミングで言う兄にクスリと笑ってしまう。すると兄は真剣な声色で続けた。

「俺たち、両親を不慮の事故で亡くしただろ？　桜花のことは両親に代わって絶対に幸せにするって子供ながらに誓ったんだ。……でもその役目は今日で終わりだ。明日からは俺じゃなくて大翔に幸せにしてもらえ」

「お兄ちゃん……」

なによ、それ。どうしてこのタイミングで言うの？　おかげでせっかくメイクしてもらったのに泣きそうだよ。

「お兄ちゃんのおかげで私はずっと幸せだったよ。本当に今までありがとう」

「桜花……っ」

泣き止んだばかりだというのに、また泣き出した兄。結局兄は号泣状態のまま入場となり、神聖な結婚式に笑いが起こったことは一生の思い出になりそうだ。

「それでは誓いのキスを」

牧師の言葉に、私と大翔は向かい合う。そして彼にウエディングベールを捲ってもらうと、白いタキシードを着て髪もいつも以上にカッコよくセットされた彼がいてときめく。

「どうしたらいい？　桜花」

「え？　なに？」

私にしか聞こえない小さな声で囁くと、大翔はそっと耳に顔を寄せた。

「桜花が綺麗で、今すぐ抱きたい」

「なっ……！」

神様の前で言う言葉ではない！と叫びそうになった私の口を彼が塞ぐ。その瞬間、大きな拍手が送られた。

「もう、大翔?」

キスを終え、ジロリと睨めば彼は意地悪な笑みを浮かべた。

「一生忘れられない誓いのキスになったな」

「おかげさまで」

結婚式でも相変わらずな私たち。でもこれが私たちらしさなんだ。友達のように言い合い、お互いを尊重し合いながら高め合っていく。

そしてつらい時にそばにいてほしい、なくてはならない愛おしい存在――。

これから先の長い人生、きっと様々なことが起こるだろう。でもどんなことがあったって、大翔と一緒なら乗り越えられると信じている。

愛する大翔と、大切な家族とともに――。

END

特別書き下ろし番外編

忘れられない新婚旅行

結婚式を挙げた次の日、私たちは羽田空港から飛行機に乗り、十時間かけてオーストラリアに着いた。大翔と悩みながら立てた旅行計画に沿って、オーストラリアの観光名所を巡っていく。

まずは人気の観光名所、エアーズロック。夕暮れ時に行ったところ、夕陽に照らされて息を呑むほど美しかった。しばらくの間、大翔と見惚れていたほどに。

他にもワタルカ国立公園にあるキングスキャニオンを見て、地球上の神秘的な自然の美しさにふたりで感動した。

セント・ポール大聖堂ではオーストラリアの歴史や文化を学び、ハーバーブリッジやシドニータワーなどを見物し、世界遺産にも登録されているオペラハウスでミュージカルを鑑賞した。

「ど、どうしよう大翔。すごくふわふわで可愛すぎる」

「待て、桜花。今すごいシャッターチャンスだからほら、笑って」

「う、うん」

大翔に向かって笑顔も向けるも、腕の中にいる愛らしいコアラが気になって仕方がない。次に大翔もコアラを抱っこしたところ、私と同じことを言うものだから笑ってしまった。

「コアラの感触や重みを一生忘れられない」

「私も。抱っこできて本当によかったね」

一匹のコアラを抱っこできる時間は決まっており、その人数で締め切られてしまうため、朝早くから行った甲斐があった。

次の日は一番行きたかったグレートバリアリーフへ向かった。スキューバダイビングを体験し、カラフルで美しいサンゴ礁と可愛い魚たちとの夢の世界を楽しんだ。

そして楽しい時間はあっという間に過ぎていき、残すところあと二日。この日はボンダイビーチにやってきた。

「うわぁ、見て大翔！　海がすごく綺麗」

「待て、桜花。俺から離れるなって言っただろ？」

「離れるなって……ほんの少しじゃない」

ホテルを出る前から大翔は不機嫌状態。どうやら私の水着が問題らしい。

せっかくの新婚旅行だし水着を新調したものの、露出が多すぎると大不評なのだ。

そうはいっても一般的なビキニで、パンツにはフリルが付いていて可愛いデザインになっている。

少しでも大翔をドキッとさせたくて買ったが、「危険すぎるからビーチに行くのはやめよう」と言い出したのだ。

そんな彼をどうにか説得して来たものの、なにがそんなに心配なのか大翔は私の腰に腕を回してぴったりくっついている。

「ねぇ、大翔。歩きづらいんだけど」

「これくらいくっついていないと、男から声をかけられるだろ」

大袈裟だと思う。それに声をかけられるとしたら私じゃなくて大翔のほうだ。現に今も多くの女性が大翔に熱い視線を向けているもの。

「じゃあ海に入ろう。そうしたら水着も見えないでしょ?」

「それがいい」

浮き輪をレンタルして私が乗ると、大翔がうしろから押してくれた。だけど急に大きく揺らしたものだから悲鳴にも似た声を上げてしまう。

「きゃっ。もう、大翔?」

「アハハッ! びっくりしたか?」

そう言って笑う大翔の笑顔は眩しくて、ドキッとしてしまう。

「びっくりしたからお返し」

海水を顔にかけたら、大翔は「やったな」と言って応戦してきた。まるで子供のように海水をかけ合う。

「もう降参。終わり」

大翔も浮き輪に体重を預け、私の顔を覗き込む。前髪が濡れていて妙に色っぽい瞳を向けられ、心臓が飛び跳ねる。

「桜花」

「えっ？　んっ」

愛おしそうに名前を呼ばれたと思ったら唇を塞がれた。

「やだ、みんな見てるよ」

触れるだけのキスをした大翔だが、再びキスをしようとするものだから彼の胸に手を当てて押し返した。

「大丈夫、誰も見ていないしみんなそうだから」

大翔に言われて周りを見回して見れば、情熱的なキスを交わしているカップルがたくさんいた。

「ほら、大丈夫だろ？　俺たちもあれくらい熱いキスをしようか」

「するわけないでしょ？」

再び海水をかけたところ、海斗は声を上げて笑う。どうやらからかわれたようだ。

そこからふたりで思いっきり海遊びを楽しんだ。


「明日には帰るなんて信じられない。あっという間だったね」

「そうだな」

ホテルのベランダで星空を眺めながら、大翔と肩を寄せ合う。

「私、飛行機に乗れるまでは日本でも多くの自然に触れられるし、わざわざ海外に行かなくてもいいと思っていたの。でもやっぱり世界は広いね。もっと多くの国の自然に触れたいと思っちゃった」

コアラに触れられたことだってそう。日本だったら叶わないことだった。

「いくらでも行けるよ。……時間が許す限り、一緒に世界中を見て回ろう」

「本当？　約束だよ」

「あぁ。……できたら近い未来、俺たちの子供と一緒に、な」

そっと顔を寄せて耳元で囁いたと思ったら、大翔は私の頬にキスを落とす。

「……うん、いつか絶対に子供も連れていこうね」

約束、と言って私も彼の頬にキスをした。

自分からキスしたから胸をドキドキさせて大翔を見れば、なぜかニヤリと笑った。

「言ったな?」

「……え」

次の瞬間、大翔は私の背中に腕を回して甘いキスを落とした。すぐに熱い舌が口の中に入ってきて、何度も私の舌を搦め取る。

「んっ……! 大翔、苦しっ」

あまりに深いキスに呼吸すらままならなくて、彼の胸元を叩くも止めてくれない。

次第に身体に力が入らなくなってきた頃、やっとキスを止めてくれた彼は私を抱きかかえた。

「大翔……?」

呼吸を整えながら名前を呼ぶと、大翔は愛おしそうに私を見つめて額や瞼、頬へと次々と口づけをしてくる。

そのままベッドに優しく下ろされると、すぐに彼が覆いかぶさってきた。

もう何度も身体を重ねているのに、こうやって彼に熱い瞳を向けられると初めての時のように緊張して、心臓の動きが速くなってしまう。

すると大翔は私の頬を優しく包み込んだ。

「なんでそんなに緊張しているんだ？」

どうやら私の緊張が彼にも伝わっていたようで、クスリと笑われてしまった。

「それはっ……！　当然じゃない。何度したって慣れないよ」

大翔に抱かれたらいつも幸せな気持ちでいっぱいになるけれど、大好きな人に自分のすべてをさらけ出す行為は、きっと一生緊張すると思う。

またからかわれるのかな……と予想していたが外れ、大翔も「俺も」と呟いた。

「え？　大翔も？」

意外な答えに彼を見つめれば、眉尻を下げた。

「桜花は俺をなんだと思ってるんだ？　俺だって緊張するさ。ましてやずっと恋焦がれてきた初恋の女の子なんだぞ？　触れたいと思う一方で、幸せすぎて怖くなる」

そう言った大翔の手が服越しに胸に触れ、甘い声が漏れてしまった。

「こうやって反応されたら理性が一気に吹き飛びそうになると同時に、桜花を抱き潰してしまわないか不安にもなるんだ。それくらい俺の愛は重いから桜花に触れる時はいつも緊張する。……この先もずっと、な」

なに、それ。とんだ殺し文句に胸が苦しくてたまらなくなる。

「毎回いつも桜花に無理させないように我慢して、気をつけているんだ」

「えっ！」

思わず大きな声が出るのも当然だ。これまで何度も身体を重ねてきたが、毎回無理させられっぱなしだった。

「ちょっと待って。今までは加減していたってこと……？」

恐る恐る聞くと、大翔は眩しい笑顔を向けた。

「あぁ。でも新婚旅行も今夜で終わり。あとは帰国するだけだ。だから今夜くらいは桜花を無理させてもいいよな？」

「え？……え？」

戸惑う私を他所に、大翔は早業で服を脱がしにかかる。

「きゃっ。ちょっと大翔？」

あっという間に下着だけにさせられてしまった私を見下ろしながら、彼も上着を脱いだ。逞しい大翔の身体に頬が熱くなる。

「今度は照れてる？　本当にどうして桜花はそんなに可愛いんだ？」

「可愛くなんかっ……」

「可愛いさ。世界で一番」

否定しようとした私の声に被せて言った大翔は、首に顔を埋めた。

「ビーチでも言ったけど、桜花はもっと自分が可愛いんだって自覚してくれ。そうでないと心配で結婚してからも、どこにもひとりで行かせられなくなる」

本当に大翔は大袈裟すぎる。それに私のことを世界で一番可愛いと言ってくれるのは大翔だけ。でもそれは私も同じなのかもしれない。

顔を上げた彼の頬を両手で包み、真っ直ぐに見つめた。

「それは私の台詞。……大翔が世界で一番カッコいいんだから本当に気をつけて。でないと私、ヤキモチ妬いて拗ねるからね？」

恥ずかしさを押し殺して言えば、大翔は目を丸くさせた。そしてなにも言わないものだから、余計に羞恥心が増していく。

「ちょっと、なにか言ってよ」

限界に達して言ったところ、大翔は深いため息を漏らした。

「そんな可愛いことを言われたらさ、本当に手加減できなくなるんだけど」

「えっ？　あっんっ」

素早く下着を剥ぎ取られ、大翔は私の身体に自分の愛を刻むように愛撫を続ける。

そうなったら恥ずかしさなど感じる余裕などなくなり、ただ必死に大翔の愛に応えるだけ。

少し前、記憶とともに本来過ごすはずだった大翔との時間も失ってしまった。そう嘆いたところ、大翔は「おかげで俺たちはもう一度最初から出会ってやり直すことができたんだ」と言ってくれた。

彼の言う通りだ。だって大翔と過ごす人生はまだ先が長い。これからふたりで新たな思い出を作っていけばいい。

「大好きだよ、大翔」

愛が溢れて言葉にして伝えると、彼は苦しげに顔を緩めて私の唇を塞いだ。

大翔と繋がっていると、いつも幸せすぎて泣きたくなる。これも何度身体を重ねたって同じ気持ちになる気がするの。

互いの息遣いが部屋に響く中、大翔は私の耳に顔を寄せた。

「俺も愛してる」

好きではなく、愛しているの言葉に胸がいっぱいになる。

その後も私はひたすらにたくさん愛されたのだった。

旅行だけじゃない、これから一緒に過ごす何気ない日常もすべてが彼との新たな思い出になる。ひとつひとつ、大切に記憶に刻んでいこう。

彼の腕に抱かれながら強くそう誓った。


三年後――。

キッチンに立って夕食の準備を進めていると、二歳になる息子の蒼空《そら》がインターホンの音にいち早く反応して駆け寄ってきた。

「ママー、パパだよ」

「お迎えに行こうか」

「うん!」

蒼空を抱っこして廊下を進み、玄関へと向かう。そしてドアを開けるとそこには愛おしい彼がいた。

「ただいま。桜花、蒼空」

「おかえりなさい」

「おかえり、パパ」

出迎えた私たちを、大翔は優しく抱きしめる。

結婚して子供に恵まれても、協力して夢を叶えた今もお互い夢だった仕事に誇りを持って打ち込んでいる。
それが私たち夫婦の幸せの形――。

END

あとがき

この度は『不本意ですが、天才パイロットから求婚されています～お見合いしたら容赦ない溺愛に包まれました～』をお手にとってくださり、ありがとうございました。

今作は大変光栄なことに、〝～憧れの街ベリが丘～恋愛小説コンテスト〟とのコラボ企画で、極甘婚シリーズの第三弾を担当させていただきました。

まずは舞台となるベリが丘の詳細を見て、とっても妄想が膨らみました（笑）

自衛官パイロットやドクター、外交官ヒーローもいいな……と迷い、大翔が生まれました。

年上ヒーローが多かったので、久しぶりに同い年のカップルを書けてとても楽しかったです。ケンカップルのようなふたりですが、そのやりとりに微笑ましいなぁと何度も感じてしまいました。

幼い頃に抱いた夢を叶えられた人はごく僅かだと思います。そんな中、お互い夢を叶えたふたりは本当にすごいなって思います。

世の中には多くの職業がありますが、皆さんきっと誇りや遣り甲斐などを持って日々の業務をこなしていると思います。私も本業の仕事は楽しいですが、時には疲れて辞めたくなる時があります。そんな時、小説や漫画を読むことがご褒美になったり、やる気に繋がるんです。私の作品も、誰かのご褒美になったり、やる気を与えられていることを祈るばかりです。

今作でも担当様をはじめ、編集に携わってくださった皆様には大変ご迷惑をおかけいたしました。無事にあとがきを書けている今、とてもホッとしています。

シリーズを通してカバーイラストをご担当いただいている北沢きょう様。素敵なふたりを描いてくださり、ありがとうございました。

そしていつも作品を読んでくださっている読者の皆様、本当にありがとうございます。今作はシリーズ作品ということで、第一弾から読んでくださっている方も多いと思います。私の作品も少しでもおもしろい、ドキドキしたと読後思っていただけたら幸せです。

それではまた、このような素敵な機会を通して皆様とお会いできることを願って。

田《た》崎《さき》くるみ

田崎くるみ先生への
ファンレターのあて先

〒104-0031
東京都中央区京橋1-3-1
八重洲口大栄ビル7F
スターツ出版株式会社　書籍編集部　気付

田崎くるみ先生

本書へのご意見をお聞かせください

お買い上げいただき、ありがとうございます。
今後の編集の参考にさせていただきますので、
アンケートにお答えいただければ幸いです。

下記URLまたは二次元コードから
アンケートページへお入りください。
https://www.ozmall.co.jp/enquete/IndexTalkappi.aspx?id=2301

ベリーズ文庫

不本意ですが、天才パイロットから求婚されています
~お見合いしたら容赦ない溺愛に包まれました~
【極甘婚シリーズ】

2024年7月10日　初版第1刷発行

著　者　田崎くるみ
©Kurumi Tasaki 2024

発行人　菊地修一

デザイン　hive & co.,ltd.

校　正　株式会社文字工房燦光

発行所　スターツ出版株式会社
〒104-0031
東京都中央区京橋1-3-1　八重洲口大栄ビル7F
TEL　03-6202-0386（出版マーケティンググループ）
TEL　050-5538-5679（書店様向けご注文専用ダイヤル）
URL　https://starts-pub.jp/

印刷所　大日本印刷株式会社

Printed in Japan

乱丁・落丁などの不良品はお取替えいたします。
上記出版マーケティンググループまでお問い合わせください。
定価はカバーに記載されています。

ISBN 978-4-8137-1605-1　C0193

ベリーズ文庫 2024年7月発売

『失恋婚!? ~エリート外交官はいつわりの妻を離さない~』佐倉伊織《さくらいおり》・著

都心から離れたオーベルジュで働く一華。そこで客として出会った外交官・神木から3ヶ月限定の“妻役”を依頼される。ある政治家令嬢との交際を断るためだと言う神木。彼に惹かれていた一華は失恋に落ち込みつつも引き受ける。夫婦を装い一緒に暮らし始めると、甘く守られる日々に想いは膨らむばかり。一方、神木も密かに独占欲を募らせ溺愛が加速して…!?

ISBN 978-4-8137-1604-4／定価781円（本体710円＋税10%）

『不本意ですが、天才パイロットから求婚されています~お見合いしたら容赦ない溺愛に包まれました~【極甘婚シリーズ】』田崎《たさき》くるみ・著

呉服屋の令嬢・桜花はある日若き敏腕パイロット・大翔とのお見合いに連れて来られる。断る気満々の桜花だったが初対面のはずの大翔に「とことん愛するから、覚悟して」と予想外の溺愛宣言をされて!?　口説きMAXで迫る大翔に桜花は翻弄されっぱなしで…。一途な猛攻愛が止まらない【極甘婚シリーズ】第三弾♡

ISBN 978-4-8137-1605-1／定価781円（本体710円＋税10%）

『バツイチですが、クールな御曹司に熱情愛で満たされてます!?』高田《たかだ》ちさき・著

夫の浮気によってバツイチとなったOLの伊都。恋愛はこりごりと思っていたある日、高級ホテルで働く恭弥と出会う。元夫のしつこい誘いに困っていることを知られると、彼から急に交際を申し込まれて!?　実は恭弥の正体は御曹司。彼の偽装恋人となったはずが「俺は君を離さない」と溺愛を貫かれ…！

ISBN 978-4-8137-1606-8／定価781円（本体710円＋税10%）

『愛に目覚めた凄腕ドクターは、契約婚では終わらせない』緒莉《おり》・著

小児看護師の佳菜は病気の祖父に手術をするよう説得するため、ひょんなことから天才心臓外科医・和樹と偽装夫婦となることに。愛なき関係のはずだったが――「まるごと全部、君が欲しい」と和樹の独占欲が限界突破！　とある過去から冷え切った佳菜の心も彼の溢れるほどの愛にいつしか甘く溶かされていき…。

ISBN 978-4-8137-1607-5／定価770円（本体700円＋税10%）

『契約結婚、またの名を執愛~身も心も愛し尽くされました~』山野辺《やまのべ》りり・著

OLの希実が会社の倉庫に行くと、御曹司で本部長の修吾が女性社員に迫られる修羅場を目撃！　気付いた修吾から、女性避けのためにと3年間の契約結婚を打診されて!?　戸惑うも、母が推し進める望まない見合いを断るため希実はこれを承諾。それは割り切った関係だったのに、修吾の瞳にはなぜか炎が揺らめき…！

ISBN 978-4-8137-1608-2／定価781円（本体710円＋税10%）

ベリーズ文庫　2024年7月発売

『離婚まで30日、冷徹御曹司は昂る愛を解き放つ』木下《きのした》 杏《あんず》・著

ＯＬの果菜は恋愛に消極的。見かねた母からお見合いを強行されそうになり困っていた頃、取引先の御曹司・遼から離婚ありきの契約結婚を持ち掛けられ…!?　いざ夫婦となるとお互いの魅力に気づき始めるふたり。約束1年の期限が近づく頃——「君のすべてが欲しい」とクールな遼の溺愛が溢れ出して…!?

ISBN 978-4-8137-1609-9／定価781円（本体710円＋税10%）

『怜悧な外科医の愛は、激甘につき。～でも私、あなたにフラれましたよね?～』夢野《ゆめの》美紗《みさ》・著

高校生だった真希は家族で営む定食屋の常連客で医学生の聖一に告白するも、振られてしまう。それから十年後、道で倒れて運ばれた先の病院で医師になった聖一と再会！　そしてとある事情から彼の偽装恋人になることに!?　真希はくすぶる想いに必死で蓋をするも、聖一はまっすぐな瞳で真希を見つめてきて…。

ISBN 978-4-8137-1610-5／定価781円（本体710円＋税10%）

ベリーズ文庫　2024年8月発売予定

Now Printing

『メガネを外すと彼は魔王に豹変する【極上双子の溺愛シリーズ】』滝井《たきい》みらん・著

日本トップの総合商社で専務秘書をしている真理。ある日、紳士的で女子社員に人気な副社長・悠の魔王のように冷たい本性を目撃してしまう。それをきっかけに、彼は3年間の契約結婚を提案してきて…!?　利害が一致した愛なき夫婦のはずなのに、「もう俺のものにする」と悠の溺愛猛攻は加速するばかりで…！

ISBN 978-4-8137-1617-4／予価748円（本体680円＋税10%）

Now Printing

『名ばかりの妻ですが、無愛想なドクターに愛されているようです。』雪野宮《ゆきのみや》みぞれ・著

シングルマザーの元で育った雛未は、実の父がとある大病院のVIPルームにいると知り、会いに行くも関係者でないからと門前払いされてしまう。するとそこで冷徹な脳外科医・祐飛に出くわす。ひょんなことから二人はそのまま「形」だけの結婚をすることに！　ところが祐飛の視線は甘い熱を帯びてゆき…！

ISBN 978-4-8137-1618-1／予価748円（本体680円＋税10%）

Now Printing

『御曹司×社長令嬢×お見合い結婚』惣領《そうりょう》莉沙《りさ》・著

憧れの企業に内定をもらった令嬢の美汐。しかし父に「就職するなら政略結婚しろ」と言われ御曹司・柊とお見合いをすることに。中途半端な気持ちで嫁いではダメだ、と断ろうとしたら柊は打算的な結婚を提案してきて…!?　「もう、我慢しない」――愛なき関係なのに彼の予想外に甘い溺愛に囲われて…！

ISBN 978-4-8137-1619-8／予価748円（本体680円＋税10%）

Now Printing

『三か月限定!?　空飛ぶ消防士の雇われ妻になりました』一ノ瀬《いちのせ》千景《ちかげ》・著

ホテルで働く美月は、ある日火事に巻き込まれたところを大企業の御曹司で消防士の晴馬に助けられる。実は彼とは小学生ぶりの再会。助けてもらったお礼をしようと食事に誘うと「俺の妻になってくれないか」とまさかの提案をされて!?　あの頃よりも逞しくスマートな晴馬に美月の胸は高鳴るばかりで…。

ISBN 978-4-8137-1620-4／予価748円（本体680円＋税10%）

Now Printing

『敏腕パイロットは最愛妻を逃がさない～別れたのに子どもごと溺愛されています～』黒乃《くろの》梓《あずさ》・著

シングルマザーの可南子は、ある日かつての恋人である凄腕パイロット・綾人と再会する。3年前訳あって突然別れを告げた可南子だったが、直後に妊娠が発覚し、ひとりで息子を産み育てていた。離れていた間も一途な恋情を抱えていた綾人。「今も愛している」と底なしの溺愛を可南子に刻み込んでいき…!?

ISBN 978-4-8137-1621-1／予価748円（本体680円＋税10%）

タイトル、価格等は変更になることがございますのでご了承ください。

ベリーズ文庫 2024年8月発売予定

Now Printing

『警察官僚×契約結婚』 花木《はなき》きな・著

ある日美月が彼氏と一緒にいると彼の「妻」を名乗る女性が乱入！　女性に突き飛ばれた美月は偶然居合わせた警察官僚・巧に助けられる。それは子供の頃に憧れていた人との再会だった。そしてとある事情から彼と契約結婚をすることに!?　割り切った結婚のはずが、硬派な巧は日ごとに甘さを増してゆき…！

ISBN 978-4-8137-1622-8／予価748円（本体680円＋税10%）

Now Printing

『出戻り王女の政略結婚』 三沢《みさわ》ケイ・著

15歳の時に政治の駒として隣国王太子のハーレムに送られたアリス。大勢いる妃の中で最下位の扱いを受けて7年。夫である王太子が失脚&ハーレム解散！　出戻り王女となったアリスに、2度目の政略結婚の打診が!?　相手は"冷酷王"と噂されるシスティス国王・ウィルフレッド。「愛も子も望むな」と言われていたはずが、彼の瞳から甘さが滲み出し…!?

ISBN 978-4-8137-1623-5／予価748円（本体680円＋税10%）

タイトル、価格等は変更になることがございますのでご了承ください。